www.mayabook.co.kr

www.mayabook.co.kr

www.mayabook.co.kr

일구이언이부지자

일구이언 이부지자 ②

지은이 | 이문혁
펴낸이 | 권순남
펴낸곳 | (주)마야 · 마루출판사

등록 | 2008. 1. 7(제310-2008-00001호)

초판 인쇄 | 2009. 1. 12
초판 발행 | 2009. 1. 14

주소 | 서울시 노원구 상계 1동 1049-25 신영산업 BD 602호
대표전화 | 02-2091-0291
팩스 | 02-2091-0290
이메일 | marubooks@hanmail.net
ISBN | 978-89-5974-363-6(세트) / 978-89-5974-365-0
정가 | 8,000원

잘못된 책은 교환하여 드립니다.
저자와 협의하여 인지를 붙이지 않습니다.

일구이언 이부지자

이문혁 신무협 장편소설

②

MAYA&MARO ORIENTAL STORY

마루&마야

목차

프롤로그 - 자아를 잃지 않기 위한 기록 편 …007

제1장. 호질기의(護疾忌醫) …017
- 병이 있는데도 의사한테 보여 치료받기를 꺼림.
  곧 과실이 있으면서도 남에게 충고받기를 싫어함을 비유하는 말

제2장. 기호지세(騎虎之勢) …047
- 범을 타고 달리는 사람이 도중에서 내릴 수 없는 것처럼
  중간에 그만두거나 물러설 수 없는 내친 형세를 이르는 말

제3장. 자승자박(自繩自縛) …071
- 스스로를 옭아 묶음으로써 자신의 언행(言行) 때문에
  자기가 속박당해 괴로움을 겪는 일에 비유한 말

제4장. 맥수지탄(麥秀之嘆) …109
- 나라를 잃음에 대한 탄식으로
  중요한 것을 잃었을 때를 비유하는 말

제5장. 불문가지(不問可知) …135
- 묻지 않아도 충분히 알 수 있다.

제6장. 연목구어(緣木求魚) …155
- 나무에 올라가 고기를 구하듯 불가능한 일을 하고자 할 때

제7장. 삼순구식(三旬九食) …177
- 한 달에 겨우 아홉 끼를 먹을 정도로 매우 빈궁한 생활

제8장. 식자우환(識字憂患) …199
- 아는 것이 탈이라는 말로
  학식이 있는 것이 도리어 근심을 사게 됨

제9장. 가담항설(街談巷說) …225
- 길거리나 세상 사람들 사이에 떠도는 이야기로
  세상에 떠도는 뜬소문

제10장. 구우일모(九牛一毛) …251
- 많은 것 가운데서 극히 적은 것으로
  아무것도 아닌 하찮은 일을 비유한 말

제11장. 각주구검(刻舟求劍) …273
- 판단력이 둔하여 세상일에 어둡고 어리석다는 뜻

제12장. 계란유골(鷄卵有骨) …303
- 달걀 속에도 뼈가 있다는 뜻으로
  뜻밖에 장애물이 생김을 이르는 말

프롤로그
자아를 잃지 않기 위한 기록 편

 사내는 쓰임이 있어야 한다고 배웠다. 내 쓰임은 나라에 있다 생각했고, 또 그렇게 유년 시절의 대부분을 믿고 살았다. 그러나 그녀를 보고 심장이 멎는 느낌을 경험한 뒤론 이 모든 것을 이루고 내 쓰임이 나라에 있음을 증명하기 위해 그 이상의 많은 것들을 잃어야 함을 깨닫고 말았다.
 사내의 마음이란 바위와 같아서 한곳에 자리를 잡으면 쉬 움직이지 않는 법이다. 먼저 다가가 이야기하는 법이 없고, 누군가 다가와 이야기를 해도 쉬 움직일 수가 없다. 움직이지 않고 지키는 것 역시 하나의 재주라고 할 수 있지만, 나의 쓰임새는 나라의 관리보다 내가 사랑하는 사람을 위해 쓰이는 것이 더 중요하다 믿기 시작했다.

곧은 마음으로 자리를 잡고 흔들리지 않는 의지로 사랑을 지킨다면 그 또한 사내로 태어나 멋진 일이 아니겠는가 말이다. 비록 어리석은 행동으로 꿈과 사랑을 모두 잃었지만, 진실로 마음이 아픈 것은 스스로 뱉은 말을 지키지 못해 수많은 시간이 헛되이 흐르고 말았다는 것에 있었다.

사랑하는 사람을 지키기는커녕 나를 사랑해주던 수많은 사람들에게 고통만 남겨 놓게 됐으니 이 부끄러움은 어찌해야 이겨 낼 수 있단 말인가.

◘ ◘ ◘

사람의 마음은 세상을 담을 수 있을 정도로 거대하기도 하지만, 손가락에 박힌 가시 하나도 감당하지 못해 짜증을 쏟아낼 정도로 비좁기도 하다. 사람이 사람을 품에 안는 건 간단하지만 쉬운 일이 아니고, 사람이 사람을 이해한다는 것은 자연스러우면서도 불가능에 가까운 일이다.

갈대의 흔들림처럼 바람 부는 대로 움직이는 것이 마음과 같으니, 한결같지 못하다 한 것도 이와 같이 쉬우면서 어려운 것이 동시에 내재되어 있기 때문이다. 그러나 아무리 무서운 강풍이 불고 폭우가 쏟아져도 결코 꺾이거나 뽑히지 않는 게 갈대이기에, 한번 뿌리를 박은 마음은 흔들릴지언정 본성을 잃는 일은 없다. 비록 상전벽해의 세월을 보내 상처는 입었다 하나, 한번 준 마음을 어찌 되돌릴 수 있으며 뿌리를 도려내고도 살아 있다 말하겠는가.
 사람이 사람을 사랑한다는 것은…….

 내가 생각이 깊은 사람이었다면 어려움이 빠졌을 때, 아니 그날 수련관에 갇혔을 때 당황하거나 좌절하지 않고 현재 내 상황에서 무엇이 필요하고 어떻게 준비를 해야 잘 버텨 낼 수 있을지 분발을 했을 것이다. 그러나 인간이란 존재는 홀로 남겨졌다는 비애감에 빠져들면 이대로 죽을 거라는 착각과 망상에 빠져 어리석은 짓을 벌이고 만다.
 그 어리석음은 어려움이 꼭 닥쳐야지만 자신이 어리석다는 것을 깨닫는 것이다. 어리서음엔 한계도 없고 멈춤도 없으며 시시각각 나를 노리는 첨병과 같다. 내가 아니면 안 된다는 생각과 나 혼자서는 할 수 없다는 생각은 다른 것 같으면서도 같은 결과를 가져온다.
 모두가 할 수 있는 일임에도 앞서 나서다가 실수를 범하거나, 자신이 나서면 쉽게 끝날 일을 멈칫거린 바람에 모두를 실수 속으로 몰아넣기도 하는 것.
 이것은 꼭 큰일이 아니어도 전문적인 분야에 종사하지 않아도 누구나 겪는 일로서, 사랑에 빠진 사람들이 가장 많이 하는 실수이며 어리석은 행동임은 말하지 않아도 잘 알 것이다.

자신이 아니면 안 된다는 망상에 사로잡혀 방심한 나머지 결국 사랑을 잃게 되거나, 상대가 먼저 할 거라는 어설픈 믿음 때문에 결국 홀로 남겨지게 되는 것이…….

◈　◈　◈

한창 공부하던 시절에 있었던 일이다. 나를 가르치던 선생이 그랬고, 아버지가 그랬고, 함께 수학하던 선배들 역시 이와 같은 말을 한 적이 있다.

'모를 땐 입을 다물어라. 아는 만큼만 말하는 것도 어려운 것이다. 말은 흐르는 물과 같아서 한번 뱉어내면 다시 되돌릴 수가 없는 것이니, 세상의 모든 화는 혀끝에서 나온다는 말도 이와 같은 뜻이다. 그만큼 타인에게 신뢰를 쌓고 그 신뢰가 자신의 지표가 된다는 것은 하늘의 별을 따는 것만큼 힘겨운 일이니라.'

그 당시엔 이 말만큼 평범하고 단순하며 질리도록 듣는 말이 있을까 하는 생각이 들었다. 틈만 나면 듣는 말이었으니 그렇게 생각할 만도 했다. 그러나 평범한 진리일수록 쉽게 생각하게 되고 또 방심하게 되고, 거기에 실수를 하면서도 또 잊어버리는 어리석음을 반복하게 된다.

나는 목숨이 경각에 달리고서야 이것이 얼마나 무서운 것이고, 또 깊은 의미를 지니고 있는지 깨달아야만 했다.

만약 귀에 못이 박이도록 들었던 이 말들을 한 번 더 되새기고 한 번 더 생각했었다면 내 인생은 어떻게 되었을까? 최소한 수련관에 갇혀 한숨만 쉬는 이런 상황은 되지 않았을 것이다.

모르면 공부하고 아는 것도 확인하며, 내가 하고자 하는 말이 얼마나 정확하고 설득력 있게 타인에게 전달이 되는지 알아야 하며, 최소한의 노력과 상대를 진심으로 대하는 마음이 부족하다면 그들은 오해와 시기를 하게 될 것이며, 그로 말미암아 잠재적 적(敵)이 되어 언제고 결정적 순간이 되면 내 등에 비수가 꽂히는 비극이 도래하게 됨을…….

◆ ◆ ◆

막연한 기대. 이번엔 잘될 것이라는 믿음. 언젠간 이뤄질 것이라는 희망. 그리고 좌절.

인생의 쓴맛을 안다고 했던가. 곰의 쓸개를 씹고 뱀의 머리를 씹으며 두꺼비의 독기 오른 눈을 뽑아 먹는 느낌. 그러고도 살아남는 자.

강력한 자와 강인한 자의 차이는 의외로 단순하다. 강력한 자는 쓴맛을 보지 않기 위해 강해진 자고, 강인한 자는 인생의 쓴맛을 느껴 봤기에 그것을 꺼리지 않는 자다.

◈ ◈ ◈

의지할 수 있는 존재가 있다는 것은 인생을 사는 동안 크나큰 위안을 주기도 하지만 인생을 잘못된 길로 인도하는, 그야말로 수렁에 빠져 허우적거리는 망아지처럼 최악의 끝을 경험할 수도 있다.

나는 그 긴 세월을 어떻게 버텨 냈던가. 작은 것 하나라도 의지할 만한 것이 있기를 간절히 기원하고 또 기원했었다. 고독과 절망에서 벗어나기 위해 한탄과 후회에서 벗어나기 위해 그렇게 애달파했다.

그러나 결국 나의 목숨을 살린 것은 의지할 대상이 아닌 나 자신이었고, 더욱더 세월이 흘러 나 자신을 의지하고 싶어졌을 때 그 마음마저도 버렸다. 위안을 될 수 있을지 몰라도 그것이 답을 내주거나 지평이 되어주지는 못한다는 것을 깨달았기 때문이다.

옳고 그름은 중요치 않다. 앞으로 나아가고, 또 그것을 지켜 내고 그럼으로써 나를 완성시킬 수 있는 것. 어떤 상황에서도 의지하지 않는 나를 이해할 힘이 필요하다. 어떤 조언과 위로를 받더라도 선택은 홀로 해야 함을 인정하고, 또 그것에 책임을 질 수 있을 때 그런 자신이 되었을 때…….

◈　◈　◈

 후회? 그래. 이건 후회라고 해야 하겠지. 자신은 남들과 다를 거라 생각하고 다른 이들보다 무엇이든 쉽게 이루고 얻을 수 있다는 착각. 타인의 실수를 비웃으며 나는 그럴 리 없다 자신해하는 어리석음. 그래, 어리석음은 언제나 후회를 남기고 말지.

 만약에 말이야, 나 스스로 쉬 이룰 수 없다는 것을 인정하고 선행자들에게 도움을 청하거나 다른 방법을 강구했다면 나는 지금쯤 어떻게 되어 있을까? 훗. 당연히 지금과는 전혀 다른 모습이 되었거나 또 다른 삶을 추구하고 있을지도 모르는 일이겠지. 하지만 이미 시간은 흘러버렸고 그 흘러버린 시간도 어느덧 스무 해가 넘어버렸다.

 세상에 제아무리 단단한 약속이 있다고 해도 그것은 살아있는 사람들에게나 통용될 뿐이지 않겠는가.

 땅속에 묻혔다면 흔적을 찾기 어려운 세월이고, 떠나간 사람이라면 기억하는 날보다 망각하는 날들이 더 많을 만큼 길고도 긴 세월이니까. 어리석은 선택과 부질없는 욕망 때문에 다른 사람의 가슴에 생채기를 내고 지인들의 마음에 고통을 밀어 넣은 죗값을 치르는 것이다.

 크크큭, 그런데 그 죗값이라는 게 참 우습단 말이야. 누군가를 버리면 자신도 또 다른 누군가에게 버림을 받는다 했던가? 잘못을 뉘우치고 용서를 받고 싶어도 더 이상 그럴 수가 없더란 말이지. 그들의 삶 속에서 나란 존재는 이미 지워진 지 오래됐을 것이고, 이제 와 나를 보인다 해도 어느 누가 과거의 나를 지금의 나와 동일시하겠는가.

어리석은 선택은 후회를 남기고 후회는 또 다른 망설임을 만들게 된다. 망설임이 길어지면 마음이란 곳에 병이 드는데, 그렇지 않으려 해도 왠지 편협해지고 독선적으로 변해 가더란 말이지. 고약한 늙은이가 괜한 심통을 부리는 것처럼 말이야.

세상 사람들아, 기억하고 명심해라. 지킬 수 없는 허황된 약속보다는 백 번의 침묵이 낫고, 10년 뒤를 호언하기보다는 하루하루 변화에 충실함이 더 나은 미래를 보장하고 있음을…….

제1장. 호질기의(護疾忌醫)

호질기의(護疾忌醫)

─병이 있는데도 의사한테 보여 치료받기를 꺼림. 곧 과실이 있으면서도
 남에게 충고받기를 싫어함을 비유하는 말

"궁금해하더군요. 내가 죽산에서 그녀에게 말을 걸었던 그 날. 그녀가 자신의 마음을 밝혔더라면 우리의 인생은 어떻게 달라졌을까 하고 말입니다."

"응? 그게 무슨 소린가. 손 낭자는 당문이 무너지던 날 죽었다고 하지 않았나."

과거 관치가 고백을 하던 날, 소민 역시 관치와 같은 마음이었다는 말에 쟁자수 한 명이 고개를 갸웃거렸다.

"아, 그랬었죠. 이야기를 하다 보니 이것저것 살이 붙어서 저도 모르게 엉뚱한 소리를 해버렸습니다. 하하, 죄송합니다."

관치 역시 스스로 이야기를 해놓고도 방금 내용은 심각한

오류였음을 시인했다. 쟁자수와 표사들은 '그럼 그렇지.' 하는 얼굴로 고개를 끄덕였지만 골몰한 표정을 짓고 생각에 잠겨 있던 진하석은 자꾸만 고개를 갸웃거렸다.

"제 이야기에 무슨 문제라도 있습니까?"

관치는 진하석의 행동에 의아한 얼굴로 질문을 던졌다.

"아, 그게 아니라 그 청룡패를 지녔다던 노인 말입니다."

"네."

"어디서 들어본 것 같은데 기억이 나지 않아서 말입니다."

진하석의 말에 쟁자수 하나가 대뜸 입을 열었다.

"표두님, 어차피 이야기일 뿐인데 뭘 그리 고민하십니까."

쟁자수는 관치가 자신의 경험담을 들려주고 있다고 했지만 사실 말도 안 되는 이야기라고 생각하고 있었다. 죽었다던 소민이 과거에 어떤 마음이었는지 이야길 하지 않나, 당문의 여식이 자신을 좋아했다고 하질 않나. 거기다 화산검협이라면 자신들도 다 아는 대단한 사람인데 그를 동생 부리듯 했다는 말엔 콧방귀를 뀌는 사람도 있을 지경이었. 그들 중엔 행여 관치의 황당한 이야기 때문에 화산이나 당문의 생존자들에게 해코지나 당하지 않을까 오히려 걱정을 하는 사람까지 생겨난 판이었다.

"아! 혹시 그 청룡패를 지녔다는 노인, 사마 성을 사용하지 않았습니까?"

진하석은 이제야 기억이 났다는 듯 다시 입을 열었다.

"네, 맞습니다."

쟁자수들과 표사들은 진하석이 왜 이렇게 흥분하는지 모르겠다며 의아한 표정을 지었다.

"혹시 그분이 어디 있는지 알 수 없겠습니까?"

"그건 갑자기 왜……."

"만약 당신의 이야기가 꾸며 낸 게 아니라 사실이라면 그분과 친분이 있을 것이고, 그 말은 어디에 가면 그분을 만날 수 있는지 알 수 있다는 뜻 아니겠습니까."

"……"

관치는 상기된 표정으로 사마건을 이야기하는 진하석의 모습에 잠시 입을 다물었다.

사람들은 관치가 대답을 하지 못하고 머뭇거리자 '그냥 이야기라니까.' 하는 표정을 지었다. 애초부터 20년이 넘도록 동굴에 갇혀 무공을 익혔다는 것부터가 말도 안 되는 소리인 것이다.

"표두님, 그냥 이야기라지 않습니까."

"아니다. 사마 성을 사용하고 과거 청룡패를 소지했던 그분을 아는 사람은 무림에 손을 꼽을 정도라고 했다. 그냥 이야기일 리가 없다."

진하석의 말에서 했다, 라는 부분을 듣자 관치의 얼굴에 이구심이 드러났다. 결국 진하석이 사마건을 아는 게 아니라 사마건을 아는 누군가가 진하석에게 이야기를 들려주었

호질기의(護疾忌醫) • 21

다는 뜻이 된 것이다.

"그 말을 한 사람이 누구인지 알 수 있습니까?"

"내 아버님이시오."

"아버님이라면 용선표국의 국주님을 말씀하는 겁니까?"

"그렇습니다."

"이상하군요. 그분은 표국과 인연이 없는 분으로 알고 있는데."

"아, 물론입니다. 그분이 표국과 인연이 있는 게 아니라 과거 그분과 함께했던 동료 분 중에 한 명이 저희 할아버님이었고, 그때의 인연이 지금까지 이어졌다고 들었습니다."

관치는 진하석의 조부가 사마건의 동료였다고 하자 한 가지 짚이는 부분이 생겼다.

"그렇군요. 어떤 사연인지는 대충 알겠습니다."

"부탁드립니다. 할아버님을 위해 아버지가 백방으로 수소문을 해보았지만 그분을 찾아내지 못했었습니다. 그런데 지금 당신의 이야기 속에 바로 그분이 등장을 하다니 정말 믿을 수가 없습니다."

"그렇군요……."

관치는 사마건을 만나게 해달라는 진하석의 말에 '그렇군요.'만 반복할 뿐 더 이상 말을 꺼내지 않았다.

"꼭 좀 부탁드립니다. 그분을 만날 수 있는 방법을……."

"일단 제 이야기를 계속 들어보는 게 빠를 것 같습니다."

"아! 이야기 속에 답이 있는 거군요."
"일단은 그렇다고 봐야겠군요."
 관치의 이야기는 모두 허구에서 비롯되었다 투덜거리던 쟁자수들과 표사들은 이야기 속의 인물이 실존하고, 또 자신들의 국주가 찾는 사람이었다는 말에 꿀 먹은 벙어리처럼 입을 닫아버렸다.
 관치는 금세 마음이 바뀌는 그들을 바라보며 그럴 수도 있다는 듯 웃음을 보이더니 잠시 끊겼던 이야기를 이어가기 시작했다.
"다음 날 아침 우리는 사천을 빠져나가기 위해……."

◈　　◈　　◈

"무슨 생각을 그리 깊이 하는 건가요?"
"벌써 일어난 것이오?"
 관치는 여명이 트기도 전에 몸을 일으킨 미란을 보며 조금 더 자 두어야 하지 않겠냐는 표정을 지었다.
"충분히 쉬었어요. 이 이상의 휴식은 오히려 좋지 않아요."
 미란은 어느 정도 긴장감을 유지하는 게 좋다고 말했다. 관치는 더 이상 말은 하지 않고 짧게 고개를 끄덕였다.
"당신이야말로 휴식을 취해야 하는 것 아닌가요?"

"나도 충분히 취했소."

"날을 샌 것은 아니고요?"

미란은 거짓말하지 말라는 듯 억양을 뒤틀었다.

"나는 이렇게 휴식을 취해왔소."

앉아서, 그것도 눈을 뜬 채로 휴식을 취해왔다는 관치의 말에 미란은 말도 안 된다는 표정을 지었다.

금방이라도 반박할 것처럼 입을 벙긋거리던 미란은 그래봤자 소용없다는 것을 깨달았는지 곧 고개를 저어버렸다. 관치 스스로 그렇게 말한다면 분명히 그렇게 해왔음이 분명했다. 적의를 품은 상대에겐 어쩔지 모르겠지만, 최소한 자신에게는 없는 말을 지어내거나 필요 이상의 말을 함으로써 자신을 기만하는 성격은 아님을 파악한 것이다.

"그분에 대해서 이야기해줄 수 있나요?"

"그분?"

"당신이 사랑했다는……."

"나도 모르오."

미란은 사랑했다는 사람을 스스로도 알지 못한다는 말에 의아한 표정을 짓다가 곧바로 굳어졌다.

"말하기 싫으면 그냥 싫다고 해요!"

"사실이오."

"말이 된다고 생각해요? 자신이 사랑하는 사람에 대해 아는 게 없다니."

"내가 기억하는 것은… 그녀가 약한 사람을 싫어했다는 것 정도요."

"약한 사람?"

"그녀는 무림의 사람이었고 나는 그저 글이나 읽던 서생에 불과했으니까."

미란은 관치가 서생이었다는 말에 '진짜?' 하는 표정을 지었다. 아무리 봐도 산적 같은 덩치에 무뚝뚝한 말투, 거기다 도끼질 솜씨는 타의 추종을 불허할 정도가 아니던가.

관치는 미란의 표정을 바라보더니 피식 웃음을 보였다.

"왜 그렇게 웃는 거죠?"

"내가 생각해도 어울리지 않아서 그랬소."

"스스로 어떤 몰골을 하고 있는지조차 모르는 줄 알았더니 그 정도는 아니니 다행이군요."

"하긴, 벌써 이십 년 전의 일이니 세월이 흐른 만큼 모든 게 달라졌을 것이오."

미란은 관치가 말하는 서생이었던 날이 20년 전의 일이란 말에 잠시 입을 다물었다.

'설마, 이십 년 전부터 그분을 사랑해왔다는 건 아니겠지…….'

"그녀를 처음 본 것은 이십삼 년 전이오. 그녀를 사랑한 것은 이십이 년 전이고, 또 그만큼의 세월을 그녀만 생각했소."

"말도 안 돼요!"

미란은 절대 인정할 수 없다는 듯 언성을 높였다.

"왜 말이 안 된다고 생각하시오?"

"함께 사는 부부도 그 정도 세월이면 흔들린다고 들었어요. 그런데 먼발치에서 바라보는 것만으로 이십 년이 넘는 세월을 한결같이……."

"살다 보면 그럴 수도 있는 것 같소."

"알아야겠어요."

"뭘 말이오?"

"그 사람의 어디가 그렇게 좋았는지, 왜 이미 다른 사람의 아내가 된 사람을 여전히 잊지 못하고 주변을 서성였는지."

"나는 그럴 의무가 없소."

"저에겐 있어요!"

미란은 물러설 수 없다며 관치 앞에 자리를 잡았다.

"왜 그렇게 고집을 피우는 것이오?"

"당신이 사랑했다는 사람은 우리 당가의 여인이에요."

"정확히 당가의 사람은 아니지."

"당가는 사람을 내보내지 않아요. 그리고 들어오는 사람은 모두가 당가의 사람이 되죠."

"나는 당가의 사람이 아니니 당신의 말에 따라야 할 의무가 없다고 했소."

관치는 살짝 기분이 상했는지 표정이 굳어졌다.

"하지만 난 당신이 보호하고자 하는 아이의 보호자라는 걸 잊지 마세요."

"……."

관치는 말을 마치고 입술을 꾹 다문 채 자신을 바라보는 미란의 모습에 잠시 말을 끊었다.

"내가 아는 것은……."

"작은 것이라도 좋으니……."

한동안 정적이 흐르던 둘 사이에 다시 말소리가 흘러나왔다.

"내가 아는 것은 그녀가 사랑스러웠다는 것과 맑은 눈빛을 가진 여인이라는 것이 전부요. 그녀에게 청혼을 했지만 문사의 아내가 될 수 없다고 하여 무공을 익히고자 세상을 떠돌았고, 정신을 차리고 보니 어느덧 이십 년의 세월이 훌쩍 흘러버렸소."

"……."

관치의 짧고 간결한 대답.

미란은 그제야 왜 할 말이 없다고 했는지 이해가 되었다. 고백을 하고 이유를 듣고 약속을 지키기 위해 세상에 나왔다가 이제야 다시 만나게 된 것이다. 그것도 차가운 주검이 된 상태로.

미란은 관치의 뜰에 생겨난 무덤이 누구의 것인지 이미 알고 있었지만, 그 앞에서 꼼짝도 하지 않고 울고 있던 관치의 마음은 이해하고 싶지가 않았다. 아니, 그런 관치의 마음을 이해해버린다면 자신이 비집고 들어갈 부분이 더욱 좁아질지도 모른다는 생각에 의식적으로 그것을 무시해왔다. 그리고 관치와 그분의 관계를 듣다 보면 뭔가 하나라도 부정할 수 있는 것을 찾아낼 수 있을지 모른단 생각에 억지를 부리듯 관치를 다그쳤다.

하지만 20년의 세월을 훌쩍 넘어버린 공백을 두고 두 사람의 관계를 어떻게 정리해야 한단 말인가. 두 사람이 손을 잡고 뜰을 거닐었던 것도 아니고 마음을 담아 연통을 주고받은 것도 아니었다. 단지 고백을 하고 인정을 하고 노력을 하고… 20년의 세월이 흘러 다시 만났지만 그것이 끝이었다는, 너무 허망하고 허무했지만 바보 같다고 말하기도 어려운 관치의 사랑.

"미안해요."

미란은 몸을 일으키더니 안쪽으로 들어가 버렸다.

"후……."

관치는 피곤한 표정으로 몸을 젖히더니 길게 한숨을 내쉬었다.

"악충의 딸아이, 생각보다 마음이 여리구나."

관치는 혀를 차며 나타난 사마건의 모습에 급히 몸을 일으켰다.

"어르신."

"자네 실망이네."

"네?"

"여인의 마음을 모르니 그 세월을 낭비한 것 아닌가."

"어르신!"

"시끄럽네. 사내가 바보 같아도 분수가 있어야지."

"……."

관치는 갑작스레 나타나 자신을 탓하는 사마건의 모습에 속이 상했는지 입을 다물어버렸다.

"반 시진 뒤에 출발할 것이네. 준비들 시키게."

"휴, 알겠습니다."

방 안으로 돌아온 미란은 의외의 사람이 기다리고 있자 불쾌한 표정을 지었다. 관치의 일로 이미 기분이 상해 있던 미란은 연준하가 여자들만 있는 방에, 그것도 민영이 누워 있는 곳에 함부로 들어와 있자 더욱 엉망이 되었다. 평소에도 좋은 인상을 주지 못하던 연준하였기에 말이 좋게 나올 리가 없었다.

"허락도 없이 여인의 방에 들어오다니 죽고 싶은 것이냐?"

자신보다 나이가 많다곤 하지만 딱히 하대를 들을 이유가 없었던 연준하는 미란의 말에 미간을 찡그렸다. 그러나 잔뜩 굳어 있는 얼굴과 허락 없이 방에 들어온 일 때문에 별다른 항변을 못하고 짧은 변명으로 상황을 설명했다.

"기척을 해도 대답이 없기에 들어온 것뿐입니다."

"나가거라."

"나가는 것은 나가는 것이고, 궁금한 것이 있어서 찾아왔소."

"무엇이냐?"

"지금 여기 누워 있는 여인이 혹시 당민영입니까?"

"그 아이가 민영이든 아니든 이젠 너와는 무관한 일이다."

"그럴 리가 있겠습니까? 이 여인이 당민영이라면 저와는 필연적으로 관계가 있는 것이죠."

"훗, 당가는 더 이상 화산의 도움이 필요 없다."

지켜야 할 것이 모두 사라진 마당에 혈연으로 이어진 정략결혼은 의미가 없어진 것이다.

"아닙니다. 더더욱 도움이 필요한 상황입니다. 당문은 거의 멸문을 당했다고 봐야 합니다. 그렇다면 생존자들을 통해 다시 가문을 일으켜 세워야 할 것이고, 그런 입장이라면 더더욱 화산의 도움이 절실해질 것입니다."

연준하는 지금이야말로 화산의 힘이 필요할 때이니 자신과 당민영의 관계도 필연적으로 맺어져야 한다고 말했다.

"……."

"그리고 사천을 빠져나가 후일을 도모하기 위해선 보호자도 필요하지 않습니까."

연준하는 자신이 그 일을 해줄 수 있다는 듯 미란을 바라보았다.

"후후, 이걸 어쩐다. 이미 보호자를 구해버린 상태라 네가 끼어들 틈이 없는데."

"관치 그자를 말하는 것이오?"

연준하는 어이없는 눈으로 미란을 바라보았다. 정체도 불분명한 자와 대(大)화산파의 검객을 사이에 두고 어떻게 그런 선택을 한단 말인가.

"네가 그자라고 말하는 사람을 통해 나와 민영, 그리고 당신의 구차한 목숨까지 안전을 보장받고 있다는 것을 잊은 모양이군요."

"당시엔 어쩔 수 없는 상황이라 도움을 받았지만 앞으론 내가 책임을 질 것이오."

"과연 그럴 능력이 되는지 모르겠군. 이럴 게 아니라 관치 그 사람과 이야기하는 게 빠를 것 같다. 만약 그 사람이 허락한다면 다시 한 번 생각해보지."

"후후후, 좋소."

연준하는 자신감 넘치는 얼굴로 약속 운운하더니 밖으로 나가버렸다.

"꿈도 야무져라. 다른 사람은 몰라도 민영을 보호한다고 나섰다간 머리가 아플 것이다."

짐을 정리하고 미란에게 출발 준비를 시키려던 관치는 아침부터 자신의 앞을 막아선 연준하 때문에 짜증이 올라왔다. 새벽부터 미란을 시작으로 사마건의 잔소리에 심기가 좋지 않은 상태였기에 연준하의 도발은 관치의 인내심을 무너트리기 충분했다. 최대한 조심을 해도 사천을 빠져나갈까 고민스러운 판에 자꾸만 일을 만들어내는 일행들의 행동이 마음에 들지 않은 것이다.

"무슨 일이오?"

"할 말이 있다."

"한 식경 뒤에 출발해야 하니 짧게 말해주시오."

"당미란이 그러더군. 당문의 보호자가 당신이라고."

"……"

"웃기는 일이다. 족보도 없는 일꾼 주제에 보호자를 자처하다니. 앞으로 당문의 보호자는 나 연준하가 맡을 것이다."

"아침부터 할 말이 있다더니 겨우 그런 말을 하려고 앞을 막은 것이오?"

"겨우 그런 말이라니!"

연준하는 금방이라도 검을 뽑아들 듯 눈을 부라렸다. 관치는 그것이 아무 일도 아니게 느껴지겠지만 자신의 입장에선 미란과 민영의 보호자가 되는 게 무엇보다 중요했다. 자신의 위치를 바로잡는 것은 물론이고, 차후 당문이 재건되는 과정에 누구보다도 큰 영향력을 행사할 수 있기 때문이다. 그것은 훗날 화산의 업적이 될 것이고, 사천 일대에 다른 세

력의 입김이 닿지 않을 정도로 확고한 위치를 구축할 수 있는 계기가 될 것이다.

"그 부분에 대해선 할 말이 없소. 출발 준비나 하시오."

"지금 네놈이 나에게 명령을 하는 것이냐?"

"명령이 아니라, 부탁이오. 지금은 사천을 빠져나가는 것이 우선이오."

"무엇이 우선인지는 내가 결정한다. 너는 지금 이 시간부터 당문의 일에서 손을 떼라."

"내가 손을 뗀다면 사천은 어떻게 벗어날 것이오?"

"이미 길잡이가 있지 않느냐."

연준하는 사마건과 계약을 한 상태이니 더 이상 관치와 함께할 이유가 없다고 생각했다.

"그대가 나에게 한 약속은 어떻게 된 것이오?"

"그것은 내가 화산으로 돌아간 뒤에 지켜 줄 것이다. 넌 이곳 사천에서 기다리면 된다."

"두 가지 모두 불가하오."

관치는 당문의 보호자를 연준하에게 넘기는 것도, 그가 약속을 지키길 기다리며 사천에 머무는 것도 모두 할 수 없다고 말했다.

"그렇다면 움직이지 못하게 만들어야겠구나."

연준하는 더 이상 대화로 풀 이유가 없다는 듯 곧바로 검을 뽑아들었다.

챙!

빡!

"커억!"

막 검을 뽑아들던 연준하의 입에서 고약한 비명 소리가 터져 나왔다.

"누구냐!"

연준하는 급히 몸을 빼내며 뒤를 바라봤다. 사천을 빠져나가는데 길잡이를 맡은 노인네가 몽둥이 하나를 들고 자신을 바라보고 있자 연준하의 눈에서 불똥이 튀어 나왔다. 감히 뒷골목 해결사 주제에 화산검객의 머리를 건드린 것이다.

"노인네가! 죽고 싶은 것이냐?"

"버르장머리 없는 녀석! 주둥이가 시궁창이구나. 사천을 떠나기 전에 네놈의 버릇부터 잡아야겠다."

"뒷골목에서 길잡이나 하는 주제에 화산의 검에 반기를 들다니!"

사마건은 연준하가 떠들든 말든 상관없다는 듯 몽둥이를 하나 들더니 성큼성큼 앞으로 걸어 나왔다.

"아무리 시정잡배 같은 일을 하고 있다곤 하지만 의뢰인을 겁박하다니, 생각이 있는 것이냐!"

연준하는 자신과 사마건의 위치가 어떤 것인지 각인시키려 했지만 무의미한 발언이 되어버렸다.

"의뢰는 관치 저놈이 한 것이지, 네놈이 아니지 않느냐."

사마건은 버릇을 고쳐 놓겠다는 듯 몽둥이를 휘둘렀다.

"흥! 관을 봐야 눈물을 보일 늙은이로다!"

연준하는 사마건의 몽둥이질이 가소롭다는 듯 몸을 살짝 띄우더니 뒤쪽으로 물러났다.

빠각!

"쿠엑! 뭐, 뭐냐!"

분명히 사마건이 휘두른 몽둥이는 3자 거리를 넘지 않았다. 그 정도 공간이라면 눈을 감고도 몽둥이를 피해 다닐 수 있었기에 비웃음을 날리던 그였지만, 막상 이마에서 불똥이 튀어 오르자 정신이 번쩍 들었다.

사마건은 연준하가 비명을 지르든 말든 계속해서 몽둥이를 휘둘렀다. 사마건의 몽둥이가 자신을 향할 때마다 사력을 다해 몸을 움직인 연준하였지만 몽둥이에 귀신이라도 붙었는지 움직이는 족족 몸을 얻어맞았다. 거기다 비쩍 마른 노인네가 어디서 그런 힘이 나오는지 얻어맞을 때마다 뼈가 아릴 정도로 무식한 충격이 전해졌다.

휙! 빠각!

"쿠엑!"

장단이라도 맞추는 것처럼 몽둥이질과 충격음 그리고 비명 소리가 연이어 튀어나왔고, 일다경 정도 똑같은 상황이 반복되자 연준하의 얼굴에 절망감이 드리워지기 시작했다.

"무슨 일이죠?"

민영을 부축하고 밖으로 나왔던 미란은 연준하의 수난을 지켜보며 어리둥절한 표정을 지었다. 이런저런 소음이 들려오기에 관치와 연준하가 싸우고 있다고 생각했기 때문이다. 자신들의 보호자 문제로 다툼이 있을 거라 생각했으니 당연한 예측이었다.

그런데 막상 나와 보니 연준하를 개 패듯 때리고 있는 사람은 관치가 아니라 길잡이를 맡은 해결사 노인이었다.

'도대체가… 관치 저 사람은 그렇다 쳐도 이 노인장은…….'

미란은 자신의 아버지를 아무렇지도 않게 부르는 통에 뭔가 있겠다는 생각을 했어도 이 정도일 줄은 상상도 못했단 표정이었다.

"그, 그만! 그만!"

"시작은 네놈이 했지만 끝은 내가 볼 것이다. 이번 기회에 그냥 죽어라!"

"히익!"

연준하는 그냥 죽여 버리겠다는 사마건의 말에 얼굴이 창백해졌다. 입버릇처럼 죽이겠다고 말할 땐 별 느낌이 없었는데 막상 자신이 그런 소리를 들으니 기겁해진 것이다.

사마건은 말을 뱉음과 동시에 더욱 속도를 높이기 시작했고 금세 연준하의 모습은 북어처럼 너덜너덜해졌다.

"크아악! 과, 관치! 이대로 두고 볼 것이냐!"

연준하는 사마건과는 대화가 통하지 않는다 느꼈는지 옆에서 구경꾼을 자처하고 있는 관치에게 손을 내밀었다.

"두고 보지 않으면?"

"컥! 보호자! 쿠엑! 네가 해! 으으악!"

"여전히 말이 짧네."

"제, 제발! 컥!"

"말이 짧아."

"부, 부탁해요. 살려 주세요!!"

 관치는 연준하가 두 손 두 발 다 들었음에도 잠시 뜸을 들이더니 사마건에게 말을 건넸다.

"어르신, 이 정도면 충분히 알아들었을 것 같은데……."

"은자 두 냥이다."

"네?"

"이놈을 살려 주는 대가로 두 냥. 아니면 그냥 패 죽이겠다."

 관치는 건수만 있으면 돈으로 해결하고자 하는 사마건의 행동에 살짝 질린 표정을 지었다. 무인각에 남아 있던 기록을 통해 어느 정도 성격을 파악하고는 있었지만 이 정도일 줄은 몰랐던 것이다.

 하지만 자신이 누구던가. 지상 최강의 해결사, 피도 눈물도 없이 돈을 밝히던 전설적인 해결사의 아들이 아니던가.

 '거기다 숙부가 저리된 것도 다 아버지 영향 때문이라

니……. 도대체 아버지는 과거 어느 정도였기에.'

 얼굴에 상처가 많아 첫 인상이 좋지 않은 아버지였지만 누가 뭐래도 학식 높은 문인이셨다. 물론 자신이 무인각에 들어가 가문의 정체를 알기 전까지는 그랬단 뜻이다.

 하지만 무인각에 남겨진 사문의 기록을 보면서도 여전히 믿기지 않는 건 여전했다. 자신이 아는 아버지는 무술에 무자도 모르는 사람이었고, 오히려 어머니 남궁소소가 과거 무림인이 아니었을까 의심스러운 정도였으니 당연한 결과였다.

"그냥 죽이십시오. 저는 돈이 없습니다."

 관치는 애물단지의 목숨을 살리는 데 한 푼도 쓸 수 없다는 듯 고개를 돌려 버렸다.

"과, 관치! 이놈! 쿠에액!"

"보십시오. 저렇게 싸가지는 찾아볼 수도 없는 놈에게 왜 내 돈을 쓴단 말입니까?"

 무림 후기지수 중 상석을 차지하고 있는 연준하를 복날 개 패듯 때리며 돈을 요구하는 노인이나, 그런 사태를 지켜보면서도 겨우 은자 2냥 때문에 고개를 돌려 버리는 관치의 행동은 미란의 사고방식으론 이해가 되지 않았다.

 ―미란 소저, 이번 기회에 연준하를 부려 보는 것이 어떻겠소?

 황당한 눈빛으로 사태를 지켜보고 있던 미란의 귓가에 관치의 음성이 흘러들었다.

'전음을 사용해?'

연준하가 의구심을 가졌던 것처럼 미란 역시 관치가 전음을 보낼 수 있다는 사실에 놀라는 눈치였다.

-제가 나서야 하나요?

미란은 관치의 의도를 알 수 없어 곧바로 질문을 던졌다.

"미란 소저도 전혀 도움이 되지 않는 연준하 따위는 없어지는 게 좋다고 생각하는 것 같으니, 이번 기회에 묻어버리는 게 좋을 것 같습니다. 어차피 연준하가 이곳에 있다는 사실을 아는 사람은 우리뿐이니 기회 아니겠습니까?"

미란은 자신의 질문엔 아랑곳하지 않고 이번 기회에 연준하를 죽여 버리자는 관치의 말에 황당한 표정이 되었다. 그러나 말이 끝남과 동시에 다시 관치의 전음이 들려왔다.

-은자 두 냥에 노비 문서라면 쓸 만해 보이는데…….

-아!

미란은 관치의 전음에 짧게 감탄사를 보이더니 사마건에게 말을 건넸다.

"어르신, 은자 두 냥에 한 냥을 더 얹어드리죠."

"오호."

여전히 연준하를 패고 있던 사마건이 미란을 바라봤다.

"은자 한 냥은 무슨 조건이냐?"

"계약서 한 장 작성해주세요."

"무슨?"

"노비 계약입니다."

반쯤 정신이 나가 있던 연준하는 미란이 나서자 안도의 눈빛을 보이다가 노비 계약서라는 말에 혼비백산한 표정이 되었다.

"써주는 건 어렵지 않지만 저놈이 응하겠느냐?"

"응하지 않겠다면 저도 나서지 않겠어요."

-이렇게 하면 되는 건가요?

미란은 시큰둥한 표정을 지으며 관치를 바라봤다.

"어차피 인생은 스스로 사는 것이니 선택도 본인이 하는 거겠지."

-잘했소.

미란은 관치가 칭찬하는 전음을 보내오자 묘한 미소를 지었다.

창백한 얼굴로 미란 옆에 서 있던 민영은 자신이 왜 이곳에 와 있는지, 그리고 무슨 일이 벌어지고 있는지 모르겠다는 듯 지켜만 볼 뿐이다.

"어떻게 할 것이냐? 살 것이냐, 죽을 것이냐."

"컥, 말도 안 되는……. 캑, 우억!"

"그럼 죽어야지. 나도 슬슬 지겨워지던 참이다."

"자, 잠깐!"

연준하는 이대로 죽는 것도, 그렇다고 당미란의 노예가 되는 것도 모두 말도 안 되는 일이라 생각했다.

연준하가 절박한 음성으로 잠깐이라고 외치자 사마건의 몽둥이질이 잠시 멈추었다. 최후의 항변 정도는 들어주겠다는 표정이다.

"평생 노예가 될 수는 없소!"

연준하의 외침에 사마건의 고개가 미란 쪽으로 움직였다. 어떻게 할 것이냐는 표정이다. 그러나 대답은 엉뚱한 곳에서 흘러나왔다.

"고모와 계약을 하면 반년, 저와 계약을 하면 일 년입니다. 어떻게 하시겠습니까?"

"민영아."

미란은 민영이 나설 일이 아니라는 듯 말을 막으려 했지만 이번엔 관치가 끼어들며 또 다른 조건을 걸었다.

"나와 계약을 하면 한 달로 끝내주지."

연준하는 다양한 계약 조건이 쏟아져 나오자 머리를 굴리기 시작했다. 한 달과 반년, 그리고 일 년이다. 하지만 고용주의 성격에 따라 그것이 일 년 같기도 하고 평생 같기도 할 것이며 한 달처럼 짧게 느껴지기도 할 것이다.

'하지만 중요한 것은… 민영을 내 여자로 만드는 것이다.'

일 년이라는 기간, 결코 짧지 않은 시간이지만 그만큼 민영과 붙어 다닐 기회가 많다는 뜻이 되었다.

"민영 소저와 하겠소!"

"좋아요."

"민영아!"

미란은 왜 자꾸 나서냐는 듯 언성을 높였지만 민영은 물러설 기미를 보이지 않았다.

"계약이 성사되기 위해선 몇 가지 조건이 있어요. 그에 응하겠다면 당신을 내 노예로 받아들이죠."

미란은 계속해서 일을 키우는 민영의 모습에 당황한 표정이 되었고, 계약을 주관하는 사마건은 그런 민영의 태도가 마음에 드는지 눈빛을 반짝였다. 관치만 어떻게 되든 상관없다는 듯 무표정을 고수할 뿐이다.

막상 민영과 계약을 하겠다고 했던 연준하 역시 조건을 충족시켜야 '노예'로 받아들이겠다는 민영의 말에 어이없는 표정을 지었다. 여기서 뭘 더 양보하란 말인지 도무지 이해할 수가 없었던 것이다.

"계약을 해주는 조건으로 차후 경비는 당신이 책임지세요. 그리고 목숨을 요구하지 않는 이상 어떤 명에도 토를 달지 않아야 합니다. 만에 하나 이 조건이 지켜지지 않는다면 당신과 나의 계약은 모두 무효가 될 것입니다."

연준하는 민영의 요구를 곰곰이 생각해봤다. 노예가 되는 것도 황당해 죽을 지경인데, 그 뒤로 민영과 관련된 모든 비용은 자신이 충당을 해야 하며 목숨을 내놓으라는 요구를 제외하곤 어떤 일도 서슴지 않아야 한다? 연준하는 어이가 없는지 허허거리며 웃음만 보였다.

"못하겠다면."

"못하겠다면 다른 사람과 계약을 하세요."

본래 성격인지 아니면 의도한 말투인지는 알 수 없었지만 민영의 대답은 쌀쌀맞기 그지없었다.

"죽어도 못하겠다면."

"그렇다면 화산검객의 품위를 지키세요."

"무슨 뜻이지?"

"모욕을 당하느니 차라리 스스로 자결하세요."

"……."

연준하는 눈 하나 깜빡이지 않으며 죽어버리라는 민영의 말에 마른침을 꿀꺽 삼켰다. 풍기는 분위기만 본다면 선녀라 해도 믿을 만큼 아름다운 그녀가 내뱉는 말들은 사갈이 따로 없었다.

"미란 소저와 계약을 하겠소."

연준하는 민영의 성격이 미란보다 더하면 더했지 못하지 않음을 깨닫는 순간 계약자를 바꾸기로 결심했다.

"그래? 나 역시 민영과 같은 조건인데 괜찮겠어?"

'생각해보니 민영과 하건 미란과 하건 한집안 식구들 아닌가. 가제는 게 편이라고 결과는 같을 것이다. 아예 관치 저 인간과 계약을 해버리면…….'

연준하는 어떻게든 조금이라도 유리한 입장에 서보고자

머리를 굴려 보았지만 딱히 빠져나갈 방법이 없었다. 이곳을 벗어나 도망을 치자니 밖에서 자신을 찾아 돌아다니는 놈들과 먼저 마주칠 것이고, 이들과 함께 다니자니 간 쓸게 다 내놓아야 할 판이었다.

"관치 당신도 당가의 사람들과 같은 조건입니까?"

연준하는 겨우겨우 말을 높이며 관치를 바라보았다. 만에 하나 관치마저 같은 조건을 내세운다면 일단 미란을 선택하고, 그게 아니라면 관치와 계약을 하는 게 좋겠단 생각이 든 것이다. 곰곰이 생각해보니 관치는 자신의 일에 방해만 하지 않으면 다른 것엔 거의 관심을 두지 않는 성격이니, 계약을 했다고 해도 자신이 조심만 한다면 별 탈 없이 기간을 채울 수 있을 것이다. 거기다 겨우 한 달이지 않은가.

"내 조건은 처음과 다르지 않다."

관치의 대답에 연준하의 얼굴이 눈에 띄게 밝아졌다.

"하지만 난 돈을 낼 여력이 없다. 그래서 계약을 하지 못한다."

"내가 내겠소. 내가 낼 것이니 나와 계약해주시오."

"흠……."

관치는 연준하 스스로 돈을 내고 계약하겠단 말에 잠시 고민스러운 표정을 짓더니, 그렇게라도 하겠다면 어쩔 수 있냐는 듯 고개를 끄덕였다.

"고, 고맙소."

"어르신, 공증을 부탁드립니다."
"클클클, 웃기게 되어가는군."
 사마건은 관치가 벌이는 짓을 지켜보더니 노인네 특유의 웃음소리를 보이며 당장 계약서를 만들어냈다.
 '역시 피는 못 속이는 법이지. 암, 그렇고말고.'

제2장. 기호지세(騎虎之勢)

기호지세(騎虎之勢)

-범을 타고 달리는 사람이 도중에서 내릴 수 없는 것처럼 중간에
그만두거나 물러설 수 없는 내친 형세를 이르는 말

 사마건이 앞장을 서고 그 뒤에 미란과 민영이 붙었다. 두 사람 뒤에 연준하가 따라붙었고 맨 뒤에 관치가 자리를 잡은 형태로 사천 탈출이 시작되었다.
 "목적지가 어디인지……."
 다른 건 몰라도 관치에게 말을 올리는 것이 여전히 불편했던 연준하는 결국 말끝을 흐리는 것으로 상황을 대체해버렸다. 하지만 관치도 그 정도는 넘어가 줄 수 있다는 듯 딱히 말을 꺼내지 않았다. 대신 관치의 말이 철저히 반 토막 나며 완벽하게 짧아졌다는 것이 차이라면 차이였다.
 "화산."
 '그래. 화산에 도착만 하면!'

연준하는 관치가 화산으로 간다고 하자 속으로 쾌재를 불렀다.

그러나 반대인 표정을 짓는 사람도 있었으니 바로 미란과 민영이었다. 어째서 화산이란 말인가. 가문이 위기에 처하자 이것저것 요구를 하며 동맹을 미루더니 결국 멸문지화를 당하게 만들었지 않은가. 그런데 그런 화산에 무슨 연유로 찾아간단 말인가.

"왜 하필이면 화산이죠?"

"그럼 가고 싶은 곳이라도 있는 것이오?"

관치는 퉁명스런 미란의 말에 오히려 반문을 던졌다.

"화산만 아니라면 어디든 상관없어요. 안전을 도모할 수 있다면."

"그런 곳은 없소. 어디를 가도 문제가 생길 것이고 그 문제는 개개인이 감당할 수 없을 것이오. 사천의 패자라는 당문을 반나절 만에 날려 버린 자들이라는 걸 잊지 마시오."

미란과 관치의 대화를 들으며 행여 다른 곳으로 목적지를 바꿀까 불안해하던 연준하. 그런데 화산으로 가는 이유가 당문을 날려 버린 놈들과 맞서기 위해서라는 말에 언제 희희낙락했냐는 듯 표정이 급변했다.

"화산보다는……"

연준하마저 화산으로 향하는 것을 꺼려하자 관치의 눈 끝이 찡그려졌다.

"현 무림에서 화산이야말로 구파일방의 수장이라고 들었는데 아닌가?"

"물론 그렇지만······."

"화산으로 가는 게 싫다면 넌 빠져라."

"그게 무슨."

"널 데려가는 이유가 화산을 목적지로 잡았기 때문이다. 그런데 화산으로 가지 않는다면 혹을 붙이고 다닐 이유가 없지."

"······."

화산검협을 겨우 혹 따위로 평가 절하하는 관치의 태도는 연준하의 자존심에 큰 상처를 내고 말았다. 그렇지 않아도 와신상담하는 마음으로 버티고 있는 중인데, 아예 있으나 마나 한 취급을 하자 아슬아슬하게 지켜 내고 있던 이성의 끈이 툭 소리를 내며 끊어진 것이다.

"이런 쌍! 흡!"

이젠 나도 모르겠다는 듯 와락 화를 내며 고함을 지르려던 연준하는 입을 틀어막는 관치의 손아귀에 컥 하니 숨이 막혔다. 이까짓 손 털어내면 그만이라며 힘을 쓰려 했지만 어떻게 된 일인지 몸을 움직일 수도, 기운을 쏟아낼 수도 없었다.

'뭐, 뭐야!'

연준하는 사마건에게 얻어맞을 때보다 더욱 당황한 눈빛

이 되고 말았다.

-마지막 경고다. 아무리 사소한 것이라도 일행을 위험에 몰아넣는 행위를 한다면, 악마에게 내 영혼을 파는 한이 있더라도 주춧돌 하나 남기지 않고 네놈의 사문을 가루로 만들어버릴 것이다.

'이, 이럴 순 없다. 그땐 이 정돈 아니었는데, 어떻게……'

연준하는 보름 전 자신이 상대하던 관치와 너무나도 큰 차이를 보이자 답답한 표정이 되었다.

-나를 살피려 들지 마라. 죽음을 마주하고 싶지 않다면.

연준하는 이글거리는 관치의 눈빛에 주눅이 들었는지 자신도 모르게 고개를 끄덕여 버렸다. 한때 무림에 이름을 떨치던 청년 고수였지만 관치와 사마건 앞에선 아무것도 아닌 그저 그런 존재가 되어버린 것이다.

'분명히 그 기운이다!'

앞서 길을 살피고 있던 사마건은 뒤쪽에서 숨 막히는 기운이 흘러들자 자신도 모르게 소름이 돋아났다. 미란이나 민영은 느낄 수 없는, 그리고 막상 당하고 있는 연준하조차 이해할 수가 없는 관치의 힘. 사마건은 그것이 어떤 것인지 이미 경험한 바가 있었고, 또 그 힘을 사용하던 사람이 누구인지도 명확히 알고 있었다. 오랜 세월이 흘렀음에도 여전히 소름 끼치게 만드는 '그 힘'이 바로 관치에게서 흘러나온 것이다.

'소장님에게 관치의 소식이 빨리 들어가야 할 텐데…….'

"움직인다. 내 흔적을 놓친다면 그걸로 의뢰는 끝이라는 걸 명심해야 할 것이다."

사마건은 미란과 민영을 바라보며 다시 한 번 다짐을 받았다.

◘ ◘ ◘

"천령(天令), 분명히 그 물건이 당문에 있었다."

"죄송합니다. 생존자들을 수소문하고 있으니 조만간 흔적이 나타날 것입니다."

가슴에 수(嬬) 자가 새겨진 흑색 무복을 입고 있던 자 하나가 긴장한 표정으로 대답했다.

"사천 일대를 모두 뒤진 게 맞다면 이미 빠져나갔을 가능성도 생각해야 한다."

"그것은 불가능합니다. 일을 치르기 전에 이미 사천성으로 통하는 길을 모조리 점거하지 않았습니까. 아직 어딘가 숨어 있는 게 분명합니다."

천령의 말에 잠시 고민스러운 표정을 보이던 사내가 다시 입을 열었다.

"손소민은?"

"전각이 무너지면서 함께 불에 탄 것 같습니다."

"시체를 찾지 못했다는 말이냐?"

"죄송합니다. 제가 직접 나섰어야 했는데……."

"무슨 뜻이냐?"

"흔적을 남기지 말라는 말에 부하들이 손을 과하게 쓴 것 같습니다. 보이는 족족 죽이는 바람에……."

쾅!

"크윽!"

"지금 네놈이 무슨 짓을 한 건지 알고 있느냐!"

"한 번만 기회를 주십시오."

천령은 사내의 주먹질에 한 움큼 피를 토해냈지만 아무렇지도 않다는 듯 몸을 일으켜 세웠다.

"손소민의 시체를 찾아오거나, 그녀가 남긴 모든 흔적을 수거해라. 백 년을 기다렸다. 평정문이 아직 존재한다는 증거를 찾은 이상 이대로 물러설 수는 없다! 이번만큼은 놈들의 씨를 말려 버리고 세상의 주인이 될 것이다!"

"존명!"

◎　◎　◎

거리 곳곳에 관군들이 몰려다니고 수시로 검문을 하고 있는 것을 보면, 사천 성주의 심기가 보통 불편한 것이 아님을 확인할 수 있었다. 일반 살인 사건도 아니고 사천성을 떠받

치고 있던 거대 세가가 하루 만에 불타버렸으니 당연한 반응이었다.

"어떤 놈들인지는 모르겠지만 요즘 같은 세상에 그런 대량 살상을 저지르다니."

사마건은 이동하는 중에도 수시로 흉수에 대해서 말을 꺼냈다. 그럴 때마다 미란과 민영의 눈빛은 차갑게 가라앉았다. 당장 복수의 칼을 꺼내들어도 부족할 판에 그들의 눈을 피해 숨어 다니는 신세가 되었다는 것에 처참함을 느낀 것이다.

"청산이 마르지 않는 한 기회는 얼마든지 있다. 지금은 몸을 추스르는 게 먼저일 것이다."

"네, 어르신."

미란은 간간이 자신의 마음을 달래주는 사마건의 모습에 고마움을 보였다. 어떻게 사마건 같은 고수가 뒷골목에서 흥신소 일이나 보고 있는 건지 알 수는 없었지만, 그가 자신을 대하는 태도가 따듯함을 담고 있다는 것 정도는 충분히 느끼고 있었기 때문이다.

"이백 장만 더 이동하면 사천성을 빠져나갈 수 있다. 마지막까지 긴장을 늦추지 말거라."

"그렇게 하겠습니다."

2백 장만 이동하면 사천성을 빠져나간다는 말에 미란은 어리둥절한 표정을 지었지만 사마건이 그렇다면 그런 것이라 생각했다. 한 시진 가까이 이동을 해오면서 사마건이 보여 준 능력은 가히 경악을 금치 못할 정도로 상상을 불허했기 때문이다. 24년을 살아오면서도 사천성에 그런 길이 있었는지, 건물과 건물 사이에 어떤 통로가 있는지 알 수 없었던 미란 입장에선 사마건의 능력은 경이적으로 보인 것이다.

'사천에 살고 있는 나조차도 알지 못하는 길이다. 결코 그들은 우리를 찾지 못할 것이다.'

"이곳이다. 여기로 들어가라."

사마건이 폐가처럼 보이는 집을 가리키며 다 왔다고 이야기하자 그녀는 어리둥절한 표정을 지었다.

"어서!"

"네… 네!"

사마건은 주춤거리는 미란에게 언성을 높였다. 미란을 시작으로 민영, 연준하와 관치가 폐가 안으로 모습을 감추자 주변을 경계하고 있던 사마건 역시 폐가 안으로 모습을 감췄다.

"이게 뭡니까?"

폐가 안으로 들어선 연준하는 텅 비어 있는 공간을 바라보며 짜증 섞인 표정을 지었다. 겁쟁이처럼 슬금슬금 기어 다니듯 이동을 하더니, 이번엔 사방이 막힌 폐가 안으로 자신을 밀어 넣자 이해를 할 수 없었던 것이다.

"닥치거라, 이놈아."
사마건은 툴툴거리는 연준하를 향해 당장 몽둥이를 들어올렸다.
"아, 진짜. 내가 개요? 그만 좀 패시오."
연준하는 정말 못해먹겠다는 듯 짜증을 보였다.
"거기까지. 더 이상 떠들면 버리고 가겠다."
연준하가 아직도 자신의 처지를 인지하지 못하고 화산검협의 체면을 차리려 하자 바로 관치가 입을 열었다.
"어르신, 이제 어떻게 합니까?"
관치는 연준하의 입을 다물게 하더니 다음 지시를 기다렸다.
"부엌으로 가자."
사마건은 일행들을 부엌 쪽으로 몰고 가더니 아궁이를 가리켰다.
"들어가라."
"네?"
이번엔 미란도 당황스러웠는지 반문을 했다. 느닷없이 아궁이 속으로 들어가라니, 한동안 숨어 있을 수는 있을지 몰라도 사천을 빠져나가는 방법으론 맞지 않은 것이다.
"이런 곳에 길을 만들어두다니, 역시 어르신답습니다."
관치는 사마건의 말에 고개를 끄떡인 후 곧바로 아궁이 속으로 기어들어가 버렸다.

"너희들은 안 갈 것이냐?"

사마건은 갈 듯 말 듯 망설임을 보이는 미란과 연준하에게 또다시 몽둥이를 들이댔다.

"가, 갑니다."

"지금 들어가고 있어요."

아궁이 속으로 줄줄이 기어들어간 일행은 허리를 굽히는 정도로 걸어 다닐 수 있는 토굴이 모습을 나타내자 은연중 고개를 끄덕였다.

"반 시진만 움직이면 된다."

사마건은 감탄만 하고 있을 때가 아니라며 발길을 재촉했다.

◎　◎　◎

"흔적을 찾았습니다."

천령의 직위를 가지고 이번 사천성 침투를 지휘했던 지효원은 흔적이 발견되었단 말에 바로 반대편으로 몸을 돌렸다.

"수단과 방법을 가리지 마라."

"존명!"

관군의 눈을 피해 사천성을 돌아다니고 있던 지효원의 부하들이 순식간에 흥신소 거리로 모여들었다.

"정보를 모아라."

지효원은 품에서 전낭을 꺼내더니 부하에게 던져 주었다.

'진작 이들의 정보를 이용할 것을……'

지효원은 자신들이 찾아야 한다는 강박관념 때문에 정작 사람 찾는 일에 전문적으로 투입되는 흥신업자들이 있다는 점을 간과해버렸다. 아니나 다를까 반각도 되기 전에 당문의 생존자들에 대한 정보가 쏟아지기 시작했고, 그들이 사천성을 빠져나가기 위해 이미 길을 떠났다는 소식까지 알아낼 수가 있었다.

"목적지는?"

"목적지는 모르는 것 같습니다. 하지만 어느 쪽 길로 빠져나갔는지는 알고 있답니다."

"움직인다!"

"존명!"

지효원을 포함해 1백 명이 넘는 인원이 한꺼번에 이동을 시작하자 여기저기서 고함 소리가 터져 나오기 시작했다. 사천성을 돌고 있던 관군들이 모이기 시작한 것이다. 사천성주의 명에 의해 10인 이상의 집단 이동이 금지된 상황인데, 같은 복장을 한 백여 명의 사내들이 병장기를 휴대하고 한곳으로 몰려가고 있으니 관군들도 비상이 걸린 것이다.

관군들과 흑의 무복을 입은 자들이 모조리 사라지자 흥신업 거리의 사람들은 묘한 미소를 지어 보였다.

"이거 일이 재미있게 돌아가는데. 그나저나 사마 영감님 말대로 하면 수입이 짭짤할 거라고 하더니……."

해결사 몇이 묵직한 전장을 흔들어대며 웃음을 보이더니 자신의 사무소로 들어가 버렸다.

◎　◎　◎

"네?"

미란은 사마건의 말에 음성이 높아졌다.

"어르신, 적들에게 우리의 위치를 일부러 노출시키다니요!"

미란은 말도 안 되는 소리라며 사마건을 바라보았다.

"어차피 놈들의 손에서 안전하게 빠져나가기는 어려운 일이다."

"하지만 마지막까지 어떻게든 몸을 피해야 할 상황이 아닌가요?"

"맞다. 그래서 놈들을 이곳으로 불러들인 것이다. 지금쯤 폐가에 모여들 테니 질문할 시간이 있다면 속도를 높이거라."

미란은 일부러 놈들을 불러 모았다는 사마건의 말에 어이없는 표정을 지었지만, 그것이 사실이라면 한시라도 빨리 이곳을 빠져나가야 한다는 생각에 걸음을 재촉하기 시작했다.

뒤따르며 사마건과 미란의 대화를 듣고 있던 연준하 역시 당혹스럽기는 마찬가지였는지 함께 속도를 높이기 시작했다.

'놈들을 매장시키실 생각인가?'

적들을 이곳으로 불러 모았다는 말에 관치의 머리에 떠오른 생각이었다. 이 동굴이 어디로 향하는지는 오직 사마건만이 알고 있었고 자신들은 그저 따르기만 할 뿐이었다. 적들이 폐가의 아궁이를 찾아낸다고 해도 그들 역시 동굴이 어디로 통할지 감을 잡을 수 없을 것이다.

'일부는 동굴에 들어오고 나머지는 사천성 밖으로 이동을 하겠군. 어디서 튀어 나올지 알 수 없을 것이니 곳곳에 분산이 될 것이고⋯ 혹시 동굴의 끝이 사천성 밖에 있는 것이 아니라 안쪽에 있는 것이라면?'

일부 적들은 동굴에 매장될 것이고 나머지는 뿔뿔이 흩어져 사천성 밖으로 나돌 수밖에 없는 상황. 그 후 적들은 자신들이 사천성을 벗어났다고 생각할 것이고, 그사이 다시 사천성으로 들어가 버린다면 뒤를 쫓던 자들은 혼란에 빠지게 될 것이다. 확실히 나쁘지 않은 방법이었다.

'하지만 동굴의 끝이 사천성 내부가 아니라 외부라면⋯⋯.'

전자의 계획이라면 어느 정도 안정적으로 몸을 숨길 수 있겠지만, 후자에 사삽다면 연이은 추격전에 시달려야 할 것이다.

'하지만 그런 위험한 방법을 택할 이유가 없지.'

만약 자신이 길잡이 역할을 하고 있다면 후자는 생각지도 않을 것이다. 후자를 택하고자 한다면 애초부터 적들을 끌어 모을 이유가 없을 테니 말이다.

폐가에 도착한 지효원은 관치 일행의 흔적을 찾기 위해 폐가 안팎을 뒤지기 시작했다.

"아궁이 뒤편에 동굴이 있습니다!"

"어디로 통하는지 알 수 있는가?"

"그것은……."

지효원은 잠시 고민을 하는가 싶더니 조장들을 불러 모았다.

"일 조와 이 조는 나와 함께 놈들의 뒤를 쫓는다. 삼 조와 사 조, 그리고 오 조는 폐가를 중심으로 사천성 밖에 연결이 되어 있을 구조물을 찾아라."

"존명!"

지효원을 지체할 틈이 없다고 생각했는지 먼저 아궁이 속으로 몸을 날렸다.

'바람의 흐름이 느려졌다.'

동굴이라면 지긋지긋하게 다녔던 관치다. 미세한 흐름에도 어둠 속을 판단하는 능력에 있어선 사마건보다 더욱 뛰어난 경험을 가지고 있었기에 적들이 동굴 속에 들어왔음을 알아챈 것이다.

"어르신, 놈들이 들어온 것 같습니다."

"그래?"

사마건은 대충 이쯤이면 놈들이 들어올 때가 되었다 생각하고 있었지만, 관치는 자신이 모르는 또 다른 방법으로 그들의 움직임을 파악해낸 것이다.

'그동안 어디서 무슨 수련을 쌓았는지는 모르겠지만 대단하구나.'

"어떻게 하실 겁니까?"

"너는 어떻게 하면 좋겠느냐?"

사마건은 관치의 질문에 오히려 반문을 했다.

"놈들을 안으로 끌어들였다는 것은 동굴을 무너트릴 생각으로 그러신 것 아닙니까?"

"그리고?"

"동굴의 끝이 사천성 밖이라면 위험한 추격전이 펼쳐질 것이고, 사천성 안으로 향하고 있다면 우리의 흔적이 완전히 끊기게 되겠죠. 물론 한동안이지만 말입니다."

'피는 못 속인다!'

사마건은 자신의 의도를 정확히 파악하고 있는 관치의 대답에 흡족한 표징을 지으며 고개를 끄덕였다.

"조금만 더 가면 된다."

사마건은 어떻게 하겠다는 말은 들려주지 않은 채 일단 동굴부터 빠져나가야 한다며 일행을 더욱 재촉했다.

 관치 일행을 따라잡기 위해 최대한 빠르게 움직이고 있던 지효원은 문득 불안한 생각이 들었다. 몇이라도 좋으니 폐가를 지키라고 명령을 내려야 했다는 생각이 든 것이다. 만에 하나 누군가 보이지 않는 곳에 숨어 있다가 폐가의 아궁이를 틀어막기라도 하는 날엔 큰 낭패를 볼 수가 있는 것이다.
"일 조장, 이 조장에게 전해라. 뒤에 따르고 있는 부하들 중에 셋 정도 폐가로 돌려보내서 입구를 지키라고."
"알겠습니다."
 일렬로 움직이는 중이었기에 가장 뒤에 따르고 있던 흑의인들은 아직 동굴 속으로 접어든 지 얼마 되지 않은 상태였다. 지효원의 명령은 곧바로 전달이 되었고 2조 인원 중 3명이 다시 밖으로 달려 나갔다.

"다 왔다. 내가 먼저 올라가 주변을 확인할 테니 잠시만 기다리거라."
 사마건은 목적지에 도착했다고 하더니 조심스럽게 동굴을 기어나갔다.
"올라오거라."

동굴 안에서 기다리던 관치 일행은 밖으로 나와도 된다는 사마건의 말에 동굴을 빠져나왔다.

"이곳은……."

미란은 조심스럽게 창밖을 바라보다 황당한 표정을 지었다. 자신들이 들어갔던 폐가에서 겨우 10장 정도 떨어진 집이었기 때문이다. 한데, 폐가처럼 사람이 비어 있었지만 자신들이 빠져나온 곳은 마치 사람이 사는 곳처럼 깔끔하게 정리가 되어 있다.

"어떻게 된 거죠?"

미란은 그 고생을 하고 동굴을 기어 다녔는데 다시 원점으로 되돌아오자 사마건을 바라봤다.

"놈들을 잡아야지. 그리고 숫자도 좀 줄여 주고 말이야."

"운이 좋으면 아무도 없을 것이고, 운이 나빠 봐야 두어 명 정도 번을 서고 있을 것이다."

"돕겠습니다."

관치가 입을 열었다.

"나쁘지 않지. 화산 떨거지, 너도 간다."

"네?"

이미 그들과 검을 섞어봤던 연준하였기에 그들의 무력이 얼마나 무서운지 충분히 알고 있었다. 연준하는 나서기 싫다는 듯 눈치를 봤지만 관치 역시 고개를 끄덕이자 별수 없이 집 밖으로 나서야 했다.

기호지세(騎虎之勢) • 65

"셋이군. 하나씩 처리한다."

사마건은 품에서 단검 하나를 빼들더니 폐가 안으로 그림자처럼 스며들었다.

"저, 정체가 뭐야."

연준하는 사마건이 자신의 눈앞에서 자취를 감춰버리자 황망한 표정이 되었다.

"우리도 간다."

"젠장."

관치와 연준하가 조심스럽게 안쪽으로 들어섰을 땐 이미 흑의인 하나가 사마건의 손에 붙잡혀 숨이 끊어진 상태였다. 입을 틀어막고 목을 친 것이다.

사마건은 흑의인의 시체를 조심스럽게 내려놓더니 부엌쪽을 가리켰다. 아궁이 쪽에 2명이 있다는 뜻이었다.

먼저 움직인 것은 연준하였다. 이왕에 기습을 하는 것이라면 상대가 알아차리기 전에 먼저 해치우는 것이 유리한 것이다. 어차피 자신은 하나만 처리하면 끝이니 나머지는 관치가 알아서 할 것이다. 연준하의 얄팍한 계산이 그대로 보이는 관치였지만 상관하지 않는 표정이었다.

"타앗!"

연준하는 일부러 들으라는 듯 기합성을 지르며 검을 날려보낸 후 단숨에 흑의인의 몸에 구멍을 내놓았다.

기습이라곤 했지만 예상보다 너무 쉽게 상대를 제압해내

자 연준하의 얼굴에 의구심이 드러났다. 자신이 상대했던 자들은 이들과 비교할 수 없을 정도로 무서운 실력을 지니고 있었기 때문이다.

'복장은 같지만……'

연준하는 자신의 검에 목숨을 잃은 상대가 그들 중에서도 하위에 속하는 자라고 생각했다.

연준하의 등장에 동료를 잃은 자는 당장 검을 뽑아들며 반격에 나섰다. 자신은 한 명만 처리하면 그만이라고 여겼기에 나머지 놈은 당연히 관치의 몫이라 생각했다.

그러나 적이 순서를 정해가며 공격해오고 상대를 가려가며 검을 날리겠는가? 관치는 나머지 한 명과 검을 섞으며 '이건 아니잖아!'라고 외치는 연준하를 보며 다시 고개를 흔들었다.

"한심한 놈."

관치와 사마건은 연준하가 나머지 한 놈을 잡고 있는 사이 부엌에 준비돼 있던 짚단을 아궁이 속에 쑤셔 넣기 시작했다.

탁탁!

부싯돌 튕기는 소리가 몇 차례 흘러나오더니 유지(油脂)에 불이 옮겨 붙으며 짚단이 순식간에 타오르기 시작했다. 짚단이 불꽃을 높이며 화력을 높이자 이빈엔 장작들까지 쑤셔 넣는 사마건이다. 중간 중간 연준하와 흑의인의 싸움을 지켜보기는 했지만 이기면 좋고, 지면 그때 나서면 된다는 듯 그다지 관심을 두지 않았다.

"빌어먹을!"

방금 전 자신이 죽였던 흑의인처럼 별 볼일 없는 놈이라 생각하고 마지막 흑의인을 상대하던 연준하는 몇 차례 검을 나누기도 전에 처음 그놈과는 차원이 다른 자임을 확인할 수 있었다. 자신을 궁지로 몰아넣고 집요하게 추적을 했던 바로 그놈들과 비등한 능력을 지니고 있었던 것이다.

"그날은 네놈들이 숫자가 많아서 밀렸지만! 오늘은 아니잖아!"

연준하는 발악이라도 하듯 고함을 지르더니 있는 대로 기운을 끌어올려 흑의인의 검을 떨쳐냈다. 흑의인 역시 연준하가 나이에 비해 상당히 강력한 무력을 보이자 긴장하는 기색이 역력했다.

"그만 가시죠."

"그럴까? 저놈은?"

"호랑이 등에 올라탄 것은 우리가 아니지 않습니까. 고함까지 질러가며 시선을 끌었다면 책임도 자신이 지겠죠. 기호지세입니다."

"껄껄껄, 아무래도 그렇지?"

연준하는 아궁이에 실컷 불장난을 해대던 관치와 사마건이 볼일 끝났다는 듯 나가버리자 얼굴이 핼쑥해졌다. 당연히 도와줄 줄 알았는데 스스로의 일은 알아서 하자를 외치며 가버린 것이다.
"아이 씨! 너무하잖아! 기호지세도 나름이지! 이건 똥 밟은 거라고!"
버럭 소리를 지르는 연준하의 외침에 관치의 전음이 귓가에 스며들었다.
-자업자득이다.

자승자박(自繩自縛)

-스스로를 옭아 묶음으로써 자신의 언행(言行) 때문에 자기가 속박당해 괴로움을 겪는 일에 비유한 말

 동굴을 무너트릴 줄 알았던 관치의 예상과 달리 시마건은 동굴도 살리고 효과는 똑같은 방법으로 적들을 무력화시켰다.

 다시 출구 쪽 아궁이로 돌아온 사마건은 이번에도 똑같이 짚단을 밀어 넣고 불을 붙여 버렸다. 그러자 앞뒤로 완전히 폐쇄된 공간에 연기만 꾸역꾸역 밀려들었고, 동굴 안에서 이동 중이던 지효원과 그의 부하들은 산소가 부족해지자 호흡 곤란으로 누란지세(累卵之勢)가 되고 말았다.

 "이익!"

 가장 앞쪽에서 움직이고 있던 지효원은 최대한 호흡을 자제하면서 더욱 속도를 높이기 시작했다. 빠져나가지 못한다

면 결국엔 질식을 면치 못함을 알고 있기 때문이다.

"허억, 허억."

거친 숨소리를 뿜어내며 곳곳에 상처를 입은 연준하가 돌아왔다. 어찌나 지독하던지 마지막 순간에 양패구상을 노리는 판에 하마터면 세상을 하직할 뻔했다.

연준하는 검을 든 상태로 부엌 쪽으로 달려가더니 사마건과 관치를 향해 검을 휘둘렀다.

"죽어! 이 자식들아!"

"살아왔네?"

"그러게요."

버럭 소리를 지르며 검을 휘젓는 연준하를 향해 사마건과 관치가 의외라는 표정을 지었다.

당연히 죽을 줄 알았는데 살아 돌아왔다는 투로 표정을 짓는 두 사람의 모습에 연준하 머릿속에서 중요한 무언가가 뻥 소리를 내며 터지려는 느낌을 받았다. 이렇게 살아서 뭐하나 하는 심정이 들고 만 것이다. 세상에 무서운 게 뭐냐는 듯 어깨를 펴고 다니던 자신이 얼토당토않은 사건에 끼어 비참한 생을 이어가고 있다는 생각이 들자, 일단 살고 보자는 마지막 바람마저 의미가 없어지고 말았다.

"다 죽여 버리겠다."

사마건은 자신과 관치를 노려보며 진지한 모습으로 검을

들어올리는 연준하의 모습에 눈 끝을 찡그렸다.

"사람이 되기는 그른 놈이로구나!"

사마건은 자신과 인연이 적지 않은 화산의 제자였기에 내심 도움을 줄 생각을 가지고 있었다. 그러나 아무리 그런 마음을 먹는다 해도 상대가 받아들일 수 없는 입장이라면 더 이상 미련을 둘 이유가 없었다.

"훗날 조 선배에게 타박을 당한다 해도 네놈의 명줄을 끊어놓아야겠다."

"내가 할 소리다!"

연준하는 너 죽고 나 죽자는 식으로 검을 들이밀었다. 그러나 연준하의 검을 막아선 사람은 따로 있었으니 동굴 속에서 죽자 살자 달려 나온 지효원이 바로 당사자였다.

"어르신, 옆으로 피하십시오."

"응?"

사마건은 갑자기 자신을 밀어내며 아궁이에서 떨어지는 관치를 보며 의아한 표정을 지었다. 하지만 그것도 잠시, 꽝 소리와 함께 아궁이가 통째로 날아가며 누군가 튀어나오자 '아차!' 하는 표정이 되었다. 연준하가 달려든 바람에 불길을 높이는 작업을 등한시한 것이다.

아궁이에서 뛰쳐나오자마자 검을 뽑아든 지효원. 그러나 검집에서 검이 뽑혀 나오기도 전에 급히 검집을 들어올려야 했다. 푸르스름한 검기가 일도양단의 기세로 자신을 엄습한 것이다.

"죽어라!"

"뭐, 뭐냐!"

꽝! 채챙!

"크윽!"

다급히 기운을 끌어올려 상대의 공격을 막기는 했지만 지효원은 적지 않은 충격을 받아야 했다. 밑에서 올라옴과 동시에 위에서 내려치는 공격을 받았으니 완벽하게 막아내기가 불가능했던 것이다.

"죽어! 죽어! 죽어!"

이미 목숨을 등한시하기로 마음먹은 연준하는 반쯤 이성이 나가버린 상태였다. 자신이 공격하고 있는 상대가 누구인지는 중요치 않았다. 일단 눈앞에 있는 자를 죽여 버려야 속이 후련해지고 분이 풀릴 것 같았기에 그의 공격은 말 그대로 목숨을 아끼지 않고 쏟아내는 최악의 공격뿐이었다.

하지만 정작 당혹스럽고 열불이 나는 사람은 따로 있었다. 어두컴컴한 동굴을 기어 다닌 것도 모자라 연기에 질식사를 당할 뻔하고 겨우 빠져나왔더니, 이번엔 웬 미친놈이 '양패구상은 나의 절기'라는 듯 미친 듯이 검을 휘두르는 게 아닌가. 지효원은 이 상황을 어떻게 넘겨야 할지 순간 막막해졌다.

그때 부엌에서 벌어진 소란에 미란과 민영 역시 고개를 들이밀었다. 연준하가 들어올 때부터 분위기가 심상치 않더니 기어코 사고를 쳤다고 생각한 것이다.

"그들이에요!"

민영은 지효원의 가슴에 새겨진 글자를 보더니 당문을 공격했던 바로 그자들이라고 외쳤다.

미란은 민영의 입에서 가문의 원수라는 말이 흘러나옴과 동시에 몸에 지니고 있던 암기를 날려 대기 시작했다.

"원수! 죽어라!"

연준하의 첫 공격을 막아내다 내상은 입은 상태에서 미란의 암기까지 날아들자 지효원의 움직임은 미친년 널뛰듯 정신이 사나워지기 시작했다. 넓은 공간이라면 도망이라도 쳐 보겠지만 좁은 건물 안에서 검과 암기가 난무하니 어떻게 해볼 방법이 없는 것이다.

그러나 자신이 누구던가. 무려 백 명의 부하들을 이끌고 있는 천령이었다. 이 자리에 오르기까지 목숨을 잃을 뻔했던 일이 부지기수였다. 피해를 입더라도 일단 이곳을 벗어나고 봐야 했다. 그동안 고생한 것이 억울해서라도 기어코 살아남아야 했다.

"이 미친것들아! 그래. 같이 죽자!"

지효원은 수세에 몰린 상황임에도 아랑곳하지 않고 오히려 고함을 지르더니, 검과 검집을 양손에 들고 기운을 있는 대로 끌어올렸다. 아예 부엌을 날려 버릴 심산이었.

우연찮게 연준하의 분노가 사마건과 관치가 아닌 지효원에게 몰리는 바람에 구경꾼이 되어 있던 두 사람은 적을 죽이기보다 사로잡아야 한다는 생각이 앞섰다. 정체를 알 수 없는 적을 상대하는 것보다 조금이라도 그들의 정보를 알아내는 것이 차후 도움이 될 것이 자명한 것이다.
"그만!"
"멈춰라!"
 사마건과 관치의 입에서 동시에 똑같은 소리가 흘러나왔다. 그러나 일단 죽이고 보자는 심정으로 달려든 연준하나 원수라는 말에 암기를 있는 대로 던져 대고 있던 미란이 그 말을 들을 리가 없었다. 결국 사마건의 손에 다시 몽둥이가 쥐어졌고 관치는 미란을 막아섰다.
"고생했다. 그만 좀 쉬어라."
 사마건의 몽둥이가 연준하의 뒤통수를 갈겨 버리자 미친 듯이 날뛰고 있던 그의 움직임이 그대로 정지됐다. 사마건의 몽둥이질에 기절을 한 것이다. 미란 역시 관치의 손에 팔목을 잡힌 채 더 이상 암기를 날려 보내지 못하고 있었다.
'뭐야?'
 최후의 순간이라고 생각하며 기운을 폭사시킬 준비를 하고 있던 지효원은 사마건과 관치가 자신을 위기에서 구해주자 어리둥절한 표정이 되었다.
"비켜요!"

미란은 관치를 밀어내며 다시 암기를 날리려고 했지만 그의 손을 떨쳐 낼 수가 없었다.

"죽이는 것보다 잡는 게 우선이다."

미란의 눈이 관치의 얼굴로 향했다. 어떤 상황에서도 덤덤함을 잃지 않는 관치의 모습. 평소엔 존경스러워 보였지만 지금은 오히려 관치의 그런 행동이 원망스럽고 미웠다.

"민영 소저."

관치는 민영에게 미란을 부탁했다.

"네. 고모, 저분의 말이 맞아요. 지금은 참아야 해요."

관치와 미란의 대화를 듣고 있던 지효원은 사마건 등의 행동이 이해가 되었다. 자신을 돕고자 한 것이 아니라 사로잡을 생각으로 마구잡이 인간들을 막아선 것이다.

"후후후, 으하하하하! 나를 사로잡을 수 있다고 생각했다니. 너희들은 이미 기회를 잃었다."

지효원은 두 사람이 목숨을 걸어도 어찌하지 못했던 자신을 무슨 수로 사로잡겠다는 건지 모르겠다며 웃음을 터트렸다. 잃었던 중심을 되찾고 자세를 바로잡았으니 이번엔 자신이 공격할 차례인 것이다.

"어린놈의 새끼가 어디서 웃고 지랄이야."

과거 젊었을 때도 그랬지만 사마건은 숨어서 이것저것 꾸며 대며 타인을 괴롭히는 자들이 정말 싫었다. 그것 때문에 살수 일도 때려치우지 않았는가.

자승자박(自繩自縛) • 79

"늙은이, 말조심하는 게 좋을 것이다."

"일단 맞고 보자."

사마건은 더 이상 말도 섞기가 싫다는 듯 바로 몽둥이를 휘두르기 시작했다.

"그깟 몽둥이로 뭘 하겠다는 것이냐. 하하하하!"

지효원은 검을 들어 사마건의 몽둥이를 그대로 잘라버렸다.

쓰왁!

사마건은 자신이 휘두른 몽둥이가 너무나도 쉽게 반 토막이 나버리자 잠시 공격을 멈췄다. 최소한 연준하보다 두세 단계는 높은 무공을 지니고 있는 것이다.

"입만 산 줄 알았더니 나름대로 검을 쓸 줄 아는구나. 그럼 이건 어떨까?"

사마건은 손에 들고 있던 반 토막 난 몽둥이를 던져 버리더니 지효원을 향해 번개같이 달려들었다.

"늙은이가 죽을 곳을 잘 아는구나."

지효원은 사마건을 향해 거침없이 검을 날렸다. 몽둥이를 그랬던 것처럼 사마건의 몸을 쪼개버릴 생각이었다.

"아악!"

지효원의 검이 사마건의 몸을 가르고 지나가자 미란의 입에서 뾰족한 비명 소리가 터져 나왔다.

"미란! 눈을 똑바로 떠라. 아직이다."

관치는 적의 검이 자른 것은 사마건이 아니라 그가 남겨

놓은 잔영임을 눈치 챈 것이다.

"이, 이게?"

가볍게 끝낸다는 생각에 검을 휘둘렀던 지효원은 분명히 상대를 잘랐는데도 검을 든 손에 이질감이 느껴지지 않자 자신이 자른 것이 허상임을 깨달았다. 지효원은 자신이 상대하고 있는 자가 신법과 은신에 능함을 파악하는 순간 급히 등을 벽에 붙였다.

"어디서 이런 자가……."

지효원은 기감을 최대한 끌어올리며 사마건의 움직임을 잡아내고자 시력을 다하기 시작했다. 보통 이런 자들은 공격 그 자체가 일격필살의 절명술을 익힌 경우가 태반이었기에 자칫 실수라도 하는 날엔 바로 목숨을 잃을 수도 있었다.

'어차피 은신의 폭이 넓지 않은 장소다. 의심이 가는 부분에 선공을 가한다면 늙은이의 움직임을 파악해낼 수 있어!'

"타앗!"

지효원은 어떻게 공격할지 결정을 내리자 망설임 없이 검기를 쏟아내기 시작했다. 사마건의 은신이 의심되는 곳이라면 가차 없이 검기를 날린 것이다.

'없다……. 말도 안 돼!'

지효원은 사각지대라 생각한 곳에 공격을 퍼부었어도 먼지만 일어날 뿐 아무런 반응이 없자 당황스런 표정이 되었다. 자신이 생각했던 것보다 더 무서운 자일 수도 있다는 생각이 들자 검을 쥔 손에 식은땀이 배어나기 시작했다. 긴장감이 점점 높아진 것이다.

"어디냐! 나와라!"

지효원은 불안감을 떨쳐 내기 위해 소리를 지르며 비겁한 행동이라고 언성을 높였다.

"나와!"

쩍! 쩌적!

눈을 부라리며 다시 소리를 지르는 순간 지효원은 자신이 등을 맞대고 있던 벽이 들썩거리자 '설마' 하는 표정이 되었다. 아무리 은신술이 대단하다고 해도 사람이 벽 속에 숨을 수는 없는 일 아닌가.

꽝!

"으악!"

"날아가라!"

지효원이 등을 감추고 있던 흙벽이 요란한 소리를 내며 터져 나가더니 사마건의 손이 모습을 드러냈다.

펑!

벽을 뚫고 나온 사마건의 손이 그의 등을 두들기는 순간 가죽 북 터지는 소리와 함께 지효원의 몸이 앞으로 사정없이 튕겨져 나갔다.

"우엑!"

흙벽이 터지며 등 전체를 강타하는 바람에 적지 않은 충격을 받았던 지효원이었다. 연준하의 공격 때문에 이미 내상을 입고 있었기에 충격은 배가 된 상태였고, 그렇게 중심을 잃는 순간 또다시 사마건의 손바닥이 우측 등짝을 내려치자 그는 결국 출혈을 일으키며 바닥을 뒹굴고 말았다.

"어, 어떻게… 사람이… 벽……."

지효원은 사람이 벽에 들어갈 수는 없는 일이라며 억울한 눈빛을 보였다.

"당연히 사람이 벽 속에 들어갈 수는 없지. 하지만 반대편 벽 너머에 숨는 건 누구나 할 수 있는 일이다."

사마건은 한심하다는 듯 지효원에게 다가가더니 움직이지 못하게 혈도를 눌러버렸다.

"도대체."

미란은 뭐가 어떻게 된 일인지 모르겠다는 듯 관치를 바라봤다. 처음 사마건의 몸이 갈라지는 장면을 보고도 아무렇지 않게 행동했으니 이번에도 뭔가 아는 게 있을 거라고 믿었다.

"애초부터 잔상을 사용한 것은 미끼였던 것 같소. 잔상이 남을 정도로 엄청난 신법과 은신을 발휘하는 자를 상대하려면 최대한 방위를 선점하는 게 기본이오."

"그런데요."

"어르신은 그냥 거기까지만 하고 밖으로 나가버린 것이오."

"아! 마치 안에 숨어 있는 것처럼."

미란은 이제야 이해가 되었다는 듯 고개를 끄덕였다.

"일정 능력을 넘어선 고수들은 은신술에 능한 자들을 상대하는 법을 알고 있소. 그 말은 은신술을 특기로 하는 사람들은 고수를 상대하기가 까다롭다는 뜻이오. 저자의 능력도 은실술을 사용하는 자들이 상대하기엔 버거운 대상이었소. 좀 전에 보았듯이 은신이 가능한 모든 곳에 동시다발적으로 검기를 쏘아낸다는 것은 엄청난 위협이니 말이오."

"그래서 아예 밖으로 나가버리고 고수 입장에서 선점할 수 있는 방위를 찾아 뒤에서 공격을 한 것이군요."

미란의 말에 고개를 끄덕인 관치는 한마디 덧붙였다.

"문제는 상대가 자신의 눈으로 확인할 수 없을 정도로 대단히 무서운 은신술의 고수와 맞붙었다고 믿게 만들어야 한다는 것이오."

"이것도 당신이 말하던 심리적 관점에서의 행동 방침에 속하는 건가요?"

관치는 대충 고개를 끄덕이더니 지효원 쪽으로 걸음을 옮겼다. 이미 사마건에게 혈도를 눌러 움직일 수 없는 상태였지만 만약을 대비해 몇 가지 방비를 더 해놓을 생각이었다.

"입에 재갈을 물려야겠습니다."

"아혈도 눌러놓았다."

"이자 정도라면 혈을 풀어내는 게 어렵지 않을 겁니다. 가끔은 원시적인 방법이 더욱 안전하고 확실하니까요. 대부분

정체를 숨기고 법석을 떠는 자들은 혀를 깨물거나 독을 삼키는 데도 일가견이 있다고 들었습니다."

"음, 그것도 틀린 말은 아니군."

"그건 그렇고, 역시 대단하십니다."

"클클클, 역시?"

관치는 사마건의 반문에 '아차' 하는 표정을 보였다. 자신도 모르게 사마건의 능력을 알고 있는 것처럼 말을 한 것이다.

"듣는 이가 있으니 나중에 이야기를 하자꾸나."

"……"

관치는 재미있다는 듯 웃음을 보이는 사마건의 모습에 뭐라고 대답해야 할지 결정을 내리지 못했다.

"정녕, 내 입으로 가출한 조카……"

"그렇게 하겠습니다."

사마건은 관치가 급히 대답을 하자 킬킬킬 웃어대더니 미란 쪽으로 고개를 돌렸다.

"거기, 미란이 너."

"네… 네?"

"화산 떨거지 좀 챙겨라."

◈　　◈　　◈

"에이, 아무리 이야기라고 하지만 심했다."

"그래. 화산검협이 얼마나 대단한데."

표사들은 말도 안 되는 소리라며 손을 내저었다. 연준하는 등장하는 장면마다 바보 또는 미친놈, 그것도 아니라면 변태가 되어버린 것이다.

"물론 연준하가 대단하다는 것은 저도 인정합니다. 하지만 그런 상대만 나타나고 일이 벌어지는데 어떻게 하겠습니까."

"만약 이곳에 화산검협이 있다면 관치 자네는 벌써 사단이 났을 것이네. 아무리 이야기라곤 하지만 조심할 것은 조심해야 하지 않나?"

이번엔 쟁자수들도 연준하의 편을 들었다.

"그럼 등장인물 중 연준하의 이름을 바꿔 부를까요? 혹시 화산검협이 나타난다고 해도 자신의 이야기인지는 모르게 말입니다."

"그래. 그렇게 하지. 사실 듣는 우리도 좀 불안해서 말이야. 꼭 연준하 당사자가 아닐지라도 화산의 사람들이 이 이야기를 들었다간 가만있지 않을 것 같아서 말일세. 우리 같은 쟁자수들은 하루 벌어 하루 먹고사는 게 일이라 누가 내 이름을 가지고 장난을 친다고 해도 그러려니 하겠지만, 무림의 인사들은 명예를 최고로 치지 않나."

"좋습니다. 그렇게 하도록 하죠. 어차피 이름만 바꿔 부르면 되는 일이니. 진 표두는 이번엔 아무 말씀도 안 하시는군요."

관치는 매번 질문을 쏟아내던 진하석이 조용히 듣고만 있자 이상하다는 듯 오히려 질문을 던졌다.
"저는 괜찮습니다. 계속 이야기를 들려주시죠."
"그런가요? 좋습니다. 일단 정체불명의 적들을 피해 몸을 숨기는 데 성공한 우리는 사마건의 도움을 받아……."
"잠깐만."
조용히 이야기를 듣고 있던 진하석이 잠시 말을 끊었다.
"네?"
"저도 부탁이 있습니다. 아무리 이야기라곤 하지만 사마 어르신의 이름을 마구잡이로 부르는 것 같아 조금 신경이 쓰입니다. 다른 호칭으로 이야기를 했으면 합니다."
"쩝, 뭐 어려운 일은 아니니 그렇게 하죠. 우리는 사천성 제일흥신소 소장의 도움을 받아 새로운 안가(安家)를 구했습니다. 사로잡은 자의 심문도 필요했고 당민영, 아니 무림 제일화의 상처도 계속 치료를 해야 했으니 말입니다."

◘   ◘   ◘

연준하가 정신을 차렸을 때는 이미 안전한 곳에 은신이 끝난 뒤였다. 뒤통수가 지끈거리고 한동안 어지러움이 가시질 않아 힘이 들긴 했지만, 관치와 사마건이 자신에게 무슨 짓을 저질렀는지는 확실히 기억하고 있었다.

"으드득, 기필코 이 원한은 잊지 않을 것이다. 화산에 돌아가기면 하면!"

연준하는 이까지 갈아대며 주먹을 불끈 쥐었다.

"그래. 잊지 마라. 절대 잊으면 안 되지, 떨거지 놈아. 그리고 꼭 화산에 돌아가도록 해. 사지가 끊기고 쫓겨나고 싶다면."

"허억!"

연준하는 복수를 다짐하며 이를 갈다 말고 침상 밑에서 들려오는 사마건의 목소리에 헛바람을 들이켰다. 몸 전체가 욱신거리고 죽을 것 같았지만 몸을 일으켜 침상 밑쪽을 바라보았다.

'계단?'

연준하는 침상 우측에 밑으로 통하는 계단이 있는 것을 발견하고 천천히 아래로 내려갔다. 사마건이든 관치든 다시는 꼴도 보기 싫었지만, 사문에 돌아가면 사지가 끊기고 쫓겨날 수도 있다는 말이 무슨 뜻인지 확인을 해야만 했다.

"무슨 뜻입니까?"

쩔뚝거리며 밑으로 내려온 연준하는 모두가 모여 있는 탁자 쪽으로 다가갔다.

"너 파문당했더라."

"무슨 소리를!"

연준하는 사마건의 말에 웃기지 말라는 듯 언성을 높였다.

자신이 누구인가. 화산의 다음 세대를 이끌어갈 최고의 기재이자 무림의 떠오르는 별이 아니던가. 잠시 어이없는 인간들과 함께 있다 보니 꼴이 엉망이긴 했지만 그렇다고 해서 그 사실까지 변하는 것은 아니었다.

"네놈이 그동안 저지른 시답지 못한 일들이 밝혀진 모양이다."

"……."

연준하는 자신이 저지른 시답지 못한 일들이 밝혀졌다는 말에 한동안 말을 잇지 못했다.

"화산 내부의 일이라 쉬쉬하고는 있지만 우리 쪽은 이런 정보에 민감하다 보니……."

"그럴 리가 없습니다!"

"그건 네 생각이지. 거기다 이번 당문 사건으로 네 역할 자체가 무의미해진 데다 아예 실종된 상태이니, 아니 도망을 친 상태로군. 화산에서도 마음이 불편했겠지. 솔직히 시답지 못한 일 때문에 파문이 결정되었다기보단 이번 당문 사태에 책임을 질 사람이 필요했던 것 같다. 사실 네놈이 여기저기 저지르고 다니던 일은 이미 알 만한 사람은 다 아는 일이었다. 그런데 이제 와 그것을 문제 삼는다는 것 자체가 웃기는 일이지."

연준하는 계속되는 사마건의 설명에 넋이 나간 듯 바닥에 주저앉고 말았다. 사마건의 말대로 시답지 못한 짓을 하긴 했지만 그렇다고 사문에 피해를 준 적은 한 번도 없었다. 화산이 있기에 자신이 존재했고, 또 자신의 존재 자체가 화산을 위한 것이라 생각해왔다. 그런데 파문이라니. 연준하는 여전히 믿기지 않는 듯 멍한 표정을 지었다.

"일단 몸부터 추슬러. 어떻게 할지는 그다음에 생각하면 되니까."

사마건은 자리를 일어서더니 관치에게 나머진 알아서 하라는 듯 손을 내저었다. 위로라도 해주는 게 좋겠다는 표정이었다. 이유야 어찌 되었든 버림을 받는다는 건 결코 경험하고 싶지 않은 일일 것이다. 사마건은 탁자 옆에 뚫려 있는 구멍을 통해 밑으로 내려가 버렸다.

"어찌할 것이냐?"

"뭘 말이냐?"

"앞으로 어찌할 것이냐고 물었다."

"어떻게 해야 하지……."

연준하는 멍한 눈으로 관치를 바라봤다. 연준하는 자신의 삶 전체를 화산과 연관지어왔다. 그런데 자신을 지탱하고 있던 모든 것이 사라져 버리자 자신이 무엇을 해야 할지도 판단이 서지 않았다.

"앞으로 하준이라고 부르겠다. 네 갈 길을 찾을 때까지는 나를 따라다녀라."

"하준?"

"준하라는 이름을 계속 사용하는 건 어려울 테니까."
"……."

◇　　◇　　◇

"잠깐! 이건 아니잖아. 이름만 바꿔서 부르자고 했지, 연준하를 파문시키자는 이야기는 아니었다고!"
"아이고, 이거 살 떨려서 못 듣겠네. 화산검협이 언제 파문을 당했다는 거야."
"어차피 여기엔 우리들밖에 없는데 뭐가 그리 겁이 나는 겁니까?"
관치는 자신의 이야기에 자꾸 제동을 거는 표사들과 쟁자수들의 모습에 오히려 문제를 제기했다.
"표두님, 저 사람이 이야기는 잘하는지 모르겠지만, 이건 좀 아니지 않습니까?"
표사들은 무림에 존경받는 화산검협을 변태로 모는 것도 모자라 아예 파문을 시켜 버리자 화가 난 표정이었다.
"이야기는 그냥 이야기일 뿐이니 민감한 반응을 보이지 말자고 한 것은 내가 아니라 당신들이잖아. 이제 와서 그걸 뒤엎는다면 지금까지 들었던 이야기들을 모조리 번복하자는 것인데 그럴 필요가 있나?"
진하석은 지금 이대로 쭉 흘러가는 것도 나쁘지 않다는 듯 사람들을 바라봤다.

"하지만 만에 하나 화산에서 이 이야기를 알기라도 하는 날엔……."

"다들 뭔가 착각을 하는 것 같군. 우리는 들었을 뿐이지 이야기를 할 것은 아니잖아."

"그건 그렇지만……."

"그런 식으로 자꾸 맥을 끊을 생각이라면 가서 잠이라도 자. 이야기 듣는 데 방해하지 말고."

표사들과 쟁자수들은 오히려 관치의 편을 들어주는 진하석의 모습에 의아한 표정을 지었다. 평소 무림의 인사들을 이야기할 때 조금만 실수가 있어도 버럭 고함을 치던 진하석이었기에 사람들의 반응은 더더욱 모르겠다는 얼굴이 되었다.

"이거, 이러다 싸움 나겠습니다. 어떻게 할까요? 그냥 이대로 이야기를 끝낼까요?"

관치는 이러려고 시작한 이야기가 아니라며 자리에서 일어나려고 했다.

"아니, 그렇다고 이야기를 끝낼 건 뭐람. 이미 다 들어버린 상태인데 이제 와 그만 하면 어쩌자는 것이오? 자, 자. 다들 엉뚱한 소리 그만 하고 일단 들어나 봅시다. 어차피 이야기라는데 왜들 이렇게 민감하게 반응하는 것이오."

표사 중 나이가 지긋해 보이는 사내 한 명이 상황을 안정시키며 다시 분위기를 잡았다.

"관치 그대도 이왕이면 좀 좋은 내용으로 이야기를 꾸며주시오. 이러다 우리들끼리 싸움 나겠소."

"하하, 꾸미는 게 아니라……."

"물론 현실감을 살리고 싶어 그러는 것은 알지만 듣는 우리 입장도 생각을 해주면 좋겠소."

"그렇게까지 말씀을 하신다면야……."

◈　◈　◈

연준하는 갑자기 자신을 따라다니라고 말하는 관치의 행동에 '무슨 의미지?' 하는 표정을 지었다.

"깊게 생각할 필요는 없다. 그냥 잠시 동네 형에게 도움을 받는다 생각하면 그만이지."

중간 중간 불편한 상황일 때면 말을 놓는 경우가 있기는 했지만, 아예 형처럼 생각하라는 관치의 말에 연준하는 마음이 불편해졌다. 특히 잠시 도움을 받는다 생각하라는 말은 연준하의 자존심에 상처를 입히기 충분했다. 아니나 다를까 연준하의 얼굴엔 금세 불쾌한 표정이 그대로 드러났다.

"뭐라고?"

"싫으면 말고."

관치는 괜한 말싸움은 원치 않는다는 듯 고개를 돌려 버렸다.

"……."

"이래저래 몸이 많이 상했을 텐데 올라가서 잠이라도 더 자둬. 함께 있고 싶지 않다니 떠나기 전까지 몸 관리라도 잘 해놔야지."

"누가……."

"응?"

"누가 도와달래!"

연준하는 싫으면 말고 식으로 말을 끝내버리는 관치의 행동에 그게 맞는다고 생각하면서도 한편으론 또다시 화가 났다.

"싫으면 안 하면 그만이야. 화까지 낼 필요는 없잖아."

"말을 꺼냈으면 책임을 져야지. 당신 그렇게 가벼운 사람이 아니잖아! 싫으면 말고라니. 지금 사람 가지고 장난하는 거야? 내가 화산에서 쫓겨났다고 무시하는 거냐고!"

그런 게 어디 있냐며 소리를 지르는 연준하의 모습에 관치는 한동안 침묵을 고수했다.

"뭐야! 말을 해! 그 잘난 입으로 떠들어보라고! 당신 말로 사람 병신 만드는 거 좋아하잖아! 잘됐네. 아주 고소하겠어. 그동안 내가 무슨 생각으로 접근한 것도 다 알고 있었다면서! 좋던? 좋아? 사람 가지고 노니까 좋아! 이 새꺄!"

연준하는 얼굴이 **빨개지도록** 소리를 지르더니 관치의 얼굴에 주먹을 내다 꽂았다.
 퍽!
 연준하의 주먹을 얻어맞은 관치의 얼굴이 반쯤 옆으로 돌아갔다가 다시 본래 자리로 돌아왔다.
"뭐야! 그 눈빛은 뭐야?"
 내공이 실리진 않았지만 있는 힘껏 내지른 주먹이었다. 이빨 몇 개 정도는 그냥 부러질 수도 있을 만큼.
"답답하면 더 때려도 돼."
"……."
"사람은 말이야, 살다 보면 미칠 것 같은 날도 있는 거야."
"네가 뭘 알아! 내가 어떤 마음인지 네가 뭘 안다고 떠드는 거야!"
"알아."
"웃기지 마!"
"나도 너처럼 완벽하게 혼자가 된 적이 있었거든."
"뭐?"
"한 이십 년 정도 혼자 있었나. 빛도 눈곱 정도밖에 들지 않던 곳인데, 먹을 거라곤 물과 이끼 그리고 버섯뿐이었지."
 연준하는 관치의 말에 잠시 멍한 표정을 짓다가 다시 소리를 질렀다.
"그게 무슨 소리야? 그게 말이 돼? 사람이 어떻게 그런 곳에서 이십 년을 살아?"

"그러게 말이야. 처음 일 년간은 화도 나고 미칠 것 같고 그랬는데……."

"그랬는데?"

"사람 목숨처럼 질긴 게 없다더니 그냥 살아지더라. 한 두어 번 자살도 시도하고 그랬는데 잘 안 죽더라고."

"왜… 어쩌다가 그렇게 됐는데……."

"훗, 약속 하나 지키려다가."

"무슨 약속이었기에……."

몸에 불이라도 붙은 듯 난리를 치던 연준하는 약속 하나 때문에 20년간 홀로 지냈다는 관치의 말에 목소리가 조심스러워졌다.

"그냥 그런 일이 있었다."

"말하면 안 되는 건가?"

연준하는 관치의 표정이 무겁게 내려앉자 더욱 조심스러운 모습이 되었다. 정작 화가 나고 울분이 쌓인 건 자신이었는데 어쩌다 보니 오히려 눈치를 보는 상황이 되고 말았다. 그러나 계속 화를 내기도 민망한 데다, 무슨 일 때문에 그렇게 오랜 세월을 홀로 보냈는지 궁금하기도 해서 질문을 하지 않을 수가 없었다.

"그건 내가 이야기해주지."

"당 소저……."

연준하는 탁자 옆 구멍을 타고 올라온 미란을 발견하고 어색한 표정을 지었다. 이미 그녀 역시 자신이 어떤 상황에 처했는지 모두 알고 있을 것이고, 또 무엇 때문에 그런 일이 벌어졌는지 이미 들었을 것이기 때문이다.

'그런데 계속 말을 놓네. 이거 한마디 해야 하는 건가?'

연준하는 여자만 있는 방에 무단으로 들어간 날 아침 이후로 계속해서 자신에게 말을 놓는 미란의 태도에 뭔가 제동을 걸어야 한다고 생각했다. 그러나 막상 자신도 나이가 많은 관치에게 말을 놓고 있는 상황이라는 걸 떠올렸다.

'젠장, 괜히 말 잘못 꺼냈다간 죽도 밥도 안 되겠다. 그냥 참자!'

연준하가 미란의 하대에 이런저런 고민을 하고 있는 사이, 관치 역시 미란의 등장에 표정이 굳어지긴 마찬가지였다.

"괜한 소리 하지 마시오."

관치도 미란이 자신에게 보이는 호감과 호의가 결코 단순한 것이 아니기에 자신의 과거에 관련된 이야기는 꺼내고 싶지 않았던 것이다.

"타인의 고통과 슬픔을 끌어안고 싶다면 스스로도 솔직해지는 게 좋지 않나요?"

"내 이야기는 솔직하고 안 하고의 문제가 아니오."

"전 그렇게 생각하지 않아요. 거기다 이십 년의 세월이 걸렸다는 건 저 역시 알고 있었지만 그사이에 빛도 들지 않는 곳에서 홀로 지냈다는 것은 오늘 처음 알았군요."

"그러게 말입니다. 도대체 무슨 약속이었기에 그 오랜 시간을 홀로 지낸 겁니까?"

연준하는 정말 궁금하다는 눈빛으로 미란을 바라봤다.

"여자 때문이지."

"네?"

연준하는 여자 때문에 20년 이상을 홀로 지냈다는 미란의 말에 무슨 소린지 모르겠다는 표정을 지었다.

"한 여자와 약속을 했다고 하더군. 강한 사람이 되어 돌아오기로."

"설마, 겨우 그런 약속 때문에 이십 년이 넘는 세월을 감옥 같은 곳에서 홀로 지냈다는 겁니까?"

연준하는 말도 안 된다는 듯 관치를 바라봤다. 미란의 말이 사실인지 직접 듣고 싶다는 표정이었다.

"웃기는 일이지. 아니, 미련하다고 해야 할까? 더 웃긴 건 그 오랜 세월을 홀로 보내고 다시 돌아왔을 땐 이미 그 여자는 다른 사람의 아내가 되어 있었다는 점이지."

"아니, 강해져서 돌아오라고 말해놓고 자신은 혼인을 해버렸다는 말입니까?"

연준하는 어떻게 그런 일이 있을 수 있냐며 언성을 높였다.

"미란, 알지 못하면서 그런 소리를 함부로 하는 게 아니다."

"훗, 제 말에 화가 난 모양이군요. 평소엔 근엄한 척 바른

말만 사용하지만 그 여자와 관련해 불편한 이야기가 나오면 금세 말투가 바뀌잖아요."

"경고했다."

차갑게 가라앉은 관치의 목소리가 미란의 귓가에 파고들었다.

"경고라……. 나를 치기라도 하겠다는 건가요?"

"……."

"왜 말을 못하는 거죠?"

미란은 관치가 입을 다물어버리자 따지듯 말을 던졌다.

"저기 미란 소저, 그 사람과 싸울 게 아니라 무슨 사연인지 좀……."

연준하는 궁금증을 해결해줄 것처럼 시작했다가 엉뚱하게 관치와 신경전을 벌이는 쪽으로 대화가 발전하자 슬그머니 말을 건넸다.

"당신은 여자를 몰라요. 여자는 자신이 필요한 것만 찾고 그것이 충족되지 못하면 언제든 돌아설 수 있는……."

짝!

요란한 소리와 함께 미란의 고개가 꺾였다.

"그만… 하라고……."

연준하는 정작 힘들고 괴로운 것도 자신이고 위로받고 도움을 받아야 할 사람도 자신이라고 생각하고 있었다. 그러나 관치의 손이 미란의 뺨에 닿는 순간 누가 불쌍하고 누가 괴로운 사람인지 종잡을 수가 없게 돼버렸다.

"당신 지금 여자를 때린 거야? 미쳤어?"

연준하는 급히 미란의 앞을 막아서며 관치를 노려봤다.

"나는… 분명히 경고를 했다."

"그게 말이 돼? 아무리 답답하고 억울해도 그렇지 왜 폭력을 쓰고 지랄이야!"

관치는 연준하의 외침에 웃기지 말라는 듯 말을 이었다.

"여자? 웃기지 마. 나에게 여자는 오직 한 사람이다. 나머지는 그냥 사람일 뿐이야. 그 이상의 구분은 의미가 없다."

"여자 하나 때문에 이십 년간 동굴 속에서 살았다더니 정말 미쳐 버렸군. 미쳐 버렸어!"

"연준하."

"왜!"

"나 어금니 하나 부러졌다."

"뭐… 뭐?"

"받은 건 되돌려줘야겠지."

관치는 입을 우물거리더니 뿌리째 부러진 이빨 하나를 뱉어냈다.

"그게……. 젠장! 왜 부러지고 지랄이야!"

연준하는 툭 소리를 내며 바닥을 굴러가는 관치의 이빨을 보더니 주춤거리며 물러섰다.

"미안해. 내가 일부러 그런 건 아니잖아. 어쩌다 보니 그렇게 된 거라고. 이번 한 번만 그냥 어떻게 안 될까?"

 연준하는 주먹을 불끈 쥐고 자신을 노려보는 관치를 향해 '한 번만!'을 외치며 애절한 눈빛을 보였다.

 '빌어먹을, 여자도 패는 놈에게 무슨 부탁을 하고 있는 거냐!'

 연준하는 자신이 상대하고 있는 사람이 누구인지를 상기하고는 급히 몸을 날리려 했다. 그러나 전신 타박상에 허리까지 삐끗한 몸이 뜻대로 움직여 줄 리가 없었다.

 뼈억!

 "쿠에엑!"

 여지없이 날아든 관치의 주먹이 연준하의 얼굴에 사정없이 내리꽂혔고, 비명을 질러대던 그의 입에서 어금니 하나가 툭 튀어나왔다.

 "뭐, 뭐야. 진짜 부러트린 거야?"

 연준하는 바닥을 굴러다니는 자신의 이빨을 보며 황망한 표정을 지었다. 자신은 잠시 흥분해서 실수가 있었던 거지만 관치는 아예 대놓고 진짜 이빨을 부러트린 것이다.

 "야! 이 새꺄!"

 "거기까진 보답이지만 더 이상 떠들어댄다면 각오하는 게 좋을 거야."

 "……"

 "비켜."

연준하는 금방이라도 반대쪽 이빨을 뽑아줄 수 있다는 듯 주먹을 말아 쥐는 관치의 모습에 급히 몸을 비켜섰다.

"미란, 함부로 떠들지 마라. 넌 그녀를 모른다."

빨갛게 부어오른 얼굴에 금방이라도 눈물을 흘릴 듯 관치를 바라보던 미란이 천천히 입을 열었다.

"나 당신이 사랑했다는 그 사람… 누구보다도 내가 잘 알아."

"뭐?"

관치는 갑작스런 미란의 말에 멍한 표정이 되었다.

"거짓말하지 마."

"사실이야. 그리고 그 사람이 어떤 인생을 살아왔는지… 왜 그렇게 살아야 했는지 당신을 만나고서야 모든 걸 알게 되었어."

"무슨 소리를 하는 거냐!"

관치는 누구보다 소민을 잘 안다는 미란의 말에 잔뜩 불안한 표정이 되었다. 자신이 알고 있던, 그리고 기억하고 있던 소민은 딱 그만큼만 알고 있는 게 좋다고 생각한 관치였다. 아름다운 모습 그대로 차분하고 맑은 눈빛을 가졌던 그 모습만 기억하고 간직하고 싶었기 때문이다. 자신에게 여자를 모른다며 소리를 치던 미란의 말이 연방 귓가를 맴돌며 관치의 머리를 어지럽게 만들었다.

"딸을 부탁한다고 했지?"

"……."

"그래서 당신은 그 사람의 딸을 지켜 주겠다고 약속을 했지?"

"……."

미란은 아무런 대답도 하지 않고 자신을 바라보는 관치를 보며 안타까운 눈빛이 되었다.

그때 두 사람의 대화를 지켜보고 있던 연준하는 탁자 밑에서 인기척을 느끼고 고개를 돌렸다.

"어……."

"쉿!"

아래층으로 통하는 구멍 밑에 당민영이 서 있는 것을 발견하고 뭔가 말을 하려던 연준하는 그녀가 손으로 입을 가리자 급히 입을 다물었다.

-거기서 뭐 하는 겁니까?

-그냥 이야기를 듣고 있어요. 모른 척해주세요.

-혹시, 관치 저 사람이 사랑했다는 사람의 딸이 미란 소저?

연준하는 관치만 보면 툴툴거리고 화를 내는 미란의 태도에 혹시 관치가 사랑했다는 사람의 딸이 미란이 아닐까 하는 생각이 든 것이다.

-모르겠어요. 저도 그것이 알고 싶군요.

민영과 연준하가 몰래 전음을 나누는 사이 침묵을 지키고 있던 관치가 입을 열었다.

"그래. 지켜 주겠다고 했다. 그리고 그 약속을 지키기 위해 노력하는 중이다."

"하지만 어떻게 하지?"

"무슨 뜻이냐?"

"당신이 사랑했던 그 사람은 아이를 낳은 적이 없어."

"……!"

"그리고……."

"웃기지 마! 그녀가 나에게 거짓말을 했을 리 없다."

"그래서 당신은 여자를 모른다고 한 거야. 하늘 아래 당신처럼 바보 같은 사람이 또 있을까."

"민영이… 그 아이가 그녀의 딸이라고 하지 않았나?"

관치는 절대 그럴 리 없다는 듯 민영의 이름을 들먹였다.

"필요했으니까. 당신의 도움이 절실했으니까."

관치는 금방이라도 미란을 잡아먹을 듯 노려봤다.

"보라고. 당신은 여자를 모르잖아. 필요하면 요청하고 부족하면 떠나는 게 여자라고 말해줬잖아."

"너나 그렇겠지."

"아니. 세상에 존재하는 모든 여자가 그래!"

미란은 발악이라도 하듯 언성을 높였다.

"돼지 눈에는 돼지만 보인다 했다. 너를 중심으로 모두를 폄하하지 마라."

"……."

곁에서 듣고 있던 연준하나 밑에서 듣고 있던 당민영은 관치의 말이 심하다 느꼈는지 앞 다퉈 입을 열었다.

"당신 아무리 그래도 그렇지, 말이 심하잖아!"

"잠깐만요! 오해가 있어요!"

"민영아……."

미란은 민영이 모습을 나타내자 놀라는 모습을 보였다.

"오해라니, 그게 무슨 말이지?"

관치는 민영의 말에 바로 반응을 보였다.

"당신이 찾는 사람, 그 사람 이름을 알려 주세요. 제가 알기론 당문에 온 여인 중에 아이를 낳지 않은 사람은 한 사람도 없었어요."

관치는 그럴 줄 알았다는 듯 고개를 끄덕이더니 미란을 노려봤다.

"거짓이 입에 붙었군."

"……."

미란은 입을 굳게 다물며 고개를 돌려 버렸다.

"당신이 찾는 사람이 누구죠?"

"내가 찾는 사람은……."

"죽산에서 시집을 온 사람이야."

고개를 돌리고 있던 미란이 관치보다 먼저 입을 열었다.

"죽산이라면… 무당산이 있는."

"바로 그곳이다. 아는 사람이 있나?"

"그렇다면 저희 어머니가 죽산에서 오신 분인데……."

민영은 뭐가 어떻게 된 일인지 모르겠다는 듯 미란을 바라봤다. 그리고 관치라는 사람과 자신의 어머니가 어떻게 아는 사이인지, 또 언제 자신의 안전을 부탁했는지 도무지 이해할 수가 없었다. 당문이 공격을 당하던 날 어머니는 자신의 품에서 숨을 거뒀기 때문이다.

"미란, 이래도 거짓말을 할 것이냐?"

관치는 명백한 증거가 있는데도 헛소리를 할 것이냐며 미란을 노려봤다.

"미안해요. 그냥… 화가 났어요. 그 사람도… 당신도… 그냥 미워서……."

"고모, 혹시 앞전에 어머닐 만나겠다며 찾아온 이유가 저 사람 때문인가요?"

민영은 얼마 전 물어볼 게 있다며 자신의 어머니를 찾아왔던 미란이 떠오르자 이제야 연유를 알겠다는 표정을 지었다. 그리고 왜 자신에겐 말할 수 없었는지 그 이유까지 이해가 된 것이다. 어머니의 과거 연인이 찾아왔었고, 미란 고모는 그 사실을 확인하고자 한 것이다.

"이제 그만 하죠. 제가 잘못했어요. 하지만 이 말은 하고 싶군요. 당신이 정말 약속을 지키고자 한다면 조금 더 영리해져야 할 거예요. 이건 진심이에요."

"무슨……."

관치가 무슨 소리냐며 물어보려고 했지만 미란은 더 이상 할 말이 없다는 듯 밑으로 내려가 버렸다.

"고모! 잠깐만요!"

민영은 물어볼 것이 많은 듯 미란을 따라 급히 밑으로 내려갔고, 위층엔 관치와 연준하만 남게 됐다. 연준하 역시 돌풍이라도 몰아친 듯 엉망이 돼버린 상태에서 관치와 함께 있는 게 불편했는지 몸을 일으켰다.

"나는 올라가서 쉬어야 할 것 같아서……."

"어떻게 할 것인지 결정을 내려라."

"무슨 결정을……."

"이곳을 떠날 것인지, 아니면 함께 있을 것인지. 네가 연준하로 살든 연하준으로 살든."

"그건, 고민을 해보고……."

연준하는 선뜻 결정을 내리기 어렵다는 듯 말끝을 흐리더니 옥탑 방으로 올라가버렸다.

관치는 몸과 마음이 순식간에 지쳐 버렸는지 의자에 털썩 주저앉아버렸다.

"무슨 뜻일까……. 조금 더 영리해져야 한다니."

제4장. 맥수지탄(麥秀之嘆)

맥수지탄(麥秀之嘆)

-나라를 잃음에 대한 탄식으로 중요한 것을 잃었을 때를 비유하는 말

 목이 말랐는지 잠시 이야길 멈추고 관치가 목을 축이는 동안 표사들 사이에 의견이 분분해졌다.
 "영리해져야 한다니 그게 무슨 뜻이지?"
 "아니야. 그것보다 소민 소저가 아이를 낳은 적이 없다는 미란의 말이 더 신경 쓰이는걸."
 "무슨 소리야. 민영 소저의 어머니가 소민이잖아."
 "웃기고 있네. 지금까지 이야기를 어디로 들은 거야. 소민 소저의 이름을 들은 사람은 미란 소저뿐이고, 민영 소저의 어머니는 죽산 출신이라는 것만 나왔지 이름이 소민이라는 것은 증명된 바가 없잖아."
 "어라. 듣고 보니 그러네. 그렇다면 미란 소저의 말도 일리

가 있다는 건가?"

"무슨 소릴. 이야기 시작할 때 못 들었어? 소민 소저는 관치를 기다리다가 어쩔 수 없는 상황 때문에 당문에 들어갔다고 했잖아."

"그게 지금 이 이야기와 무슨 상관이지?"

"어허, 이 사람 답답하네. 생각 좀 해봐. 무슨 무공 비급인가를 가지고 있어서 당문에 들어간 거지, 사실 당문에 시집을 가기 위해 들어간 것은 아니었다고. 지금까지 이야기를 종합해보면 당문에서 일어난 사건은 바로 그 무공 비급 때문에 벌어진 혈사 같은데, 그런 중요한 비급을 소민 소저가 혼자서 보관하고 있을 리는 없잖아."

"물론 그렇겠지. 당문에서 보호를 해주는 대신 그 비급은 벌써 챙겼을 테니까."

"그래. 바로 그 점이야. 결국 소민 소저는 당문에 시집을 간 것이 아니라 그 비급 때문에 갇혀 있었다는 게 더 맞을 것 같아. 미란 소저도 처음엔 죽산에서 시집온 여자가 누구냐에 신경을 썼지만 나중에 이름을 듣고 나선 분위기가 바뀌었잖아. 그렇다면 소민 소저가 아이를 낳은 적이 없다는 말에 신빙성이 있는 거지. 결국엔 결혼을 한 게 아니라 그냥 당문에 있었던 것밖에 안 되니까."

"뭔 소릴 하는 거야. 소민 소저가 죽을 때 했던 이야기는 콧구멍으로 들은 거야? 소민 소저가 직접 딸을 부탁한다고 했잖아."

"맞아. 딸을 부탁한다고 했지."

"그런데 왜 미란 소저의 말에 신빙성이 있다는 둥 헛소리를 하는 거야?"

"아이고, 머리야. 이보게, 관치, 도대체 누구 말이 맞는 거야?"

표사들은 도저히 자신들의 머리론 결론이 나지 않는 듯 관치에게 도움을 청했다.

"아이를 낳은 적이 없다는 말도 사실인 것 같고, 딸이 있다는 말도 사실인 것 같습니다."

"어엉? 그게 말이 돼? 아이를 낳은 적이 없는데 어떻게 딸이 있을 수가 있나?"

"오호, 듣고 보니 그러네요."

관치는 스스로 말을 하고도 말이 안 된다 생각했는지 어리둥절한 표정을 지었다.

"뭐야. 이야기를 하는 사람이 헷갈려 하면 듣는 우리는 어쩌라는 거야? 뭐가 진짜야?"

"하하하, 계속 듣다 보면 이해가 되실 겁니다. 뒷이야기를 먼저 해버리면 재미가 없지 않습니까."

"이거 봐라. 이제 보니 이리저리 이야기를 만들다 이제 와선 자네도 헷갈리는 것 아냐?"

"설마요. 있는 그대로 이야기를 하고 있는데 그럴 리가 있겠습니까."

"하하하하! 관치 이 사람, 또 우리를 놀리네. 있기는 뭐가 있어. 아무리 그래도 그렇지, 우리가 표국에 몸을 담고 있지만 엄연히 무림의 사람이라고. 뭐가 진짜고 어떤 게 지어낸 건지도 모를까 봐."

"하하하, 벌써 들킨 건가요?"

관치는 쑥스럽다는 듯 머리를 긁적거렸다.

"어차피 더 이상 그런 건 중요치 않으니 계속 이야기나 해보게. 듣다 보니 이거 은근히 결말이 궁금해지는걸."

"알겠습니다. 그럼 계속해보겠습니다."

관치는 표사들의 말에 웃음을 보이며 다시 이야기를 이어 갔다. 관치가 다시 이야기를 하자 쟁자수들과 표사들은 신이 난 표정으로 경청을 시작했지만, 언제부턴가 말이 없어진 진하석만이 생각이 많은 눈빛으로 관치를 바라볼 뿐이다.

◈　◈　◈

"당문을 공격했던 자들은 사천에서 모습을 감춘 것 같다."

바깥 상황을 알아보겠다며 나갔던 사마건이 이제 위험은 지나간 것 같다며 관치에게 이야기를 꺼냈다.

"그렇습니까."

"앞으로 어떻게 할 것이냐? 부모님은 만나봐야 할 것 아니냐."

"저도 잘 모르겠습니다."

"잘 모르다니. 이십 년 넘게 종적을 감춘 것도 모자라 멀쩡히 살아 있으면서도 불효를 저지르겠다는 것이냐?"

"그럴 리가 있겠습니까. 다만……."

"저 아이들의 일이 마음에 걸려서 그렇다면 그것은 걱정할 필요 없다. 이곳에 있는 동안은 안전할 것이니 집에 다녀와라. 어차피 네가 찾던 여아는 이미 세상을 떠났다 하지 않았느냐."

사마건은 사천의 일은 더 이상 신경 쓰지 말라는 듯 당장 죽산으로 떠나라고 이야기했다.

"저도 정확히 설명할 수 있다면 좋겠습니다. 하지만 아직은 그럴 때가 아니란 생각이 자꾸만 듭니다."

"당문을 공격했던 자들 때문이냐?"

"일단 그자들의 정체라도 알 수 있다면……."

"우리가 잡아온 놈이 얼마나 독한지 이미 보지 않았더냐. 재갈을 푸는 순간 바로 혀를 깨문 놈이다. 거기다 얼마나 지독하게 수련을 했는지 최면은 물론이고 암시에도 걸려들지를 않아."

"하루만 더 시간을 주십시오."

"휴, 누굴 닮아서 그리 고집이 센 건지."

맥수지탄(麥秀之嘆) • 115

사마건은 스스로 궁금증이 풀리기 전엔 꼼짝도 하지 않겠다 버티는 관치를 보며 고개를 저어버렸다.

관치는 혀까지 차며 자신을 바라보는 사마건에게 인사를 남기곤 지하실로 내려가 버렸다.

"있을 만한가?"

형틀처럼 생긴 곳에 팔다리를 모두 묶인 채 누워 있던 지효원은 관치가 모습을 보이자 눈을 감아버렸다.

"계속 입을 다물 생각인가?"

지효원은 관치가 뭐라고 하든 관심 없다는 듯 침묵을 고수했다.

"당신의 동료들은 이미 사천에서 모습을 감췄다. 당가의 생존자를 찾는 일이나 그대를 찾는 일을 포기한 것이겠지."

포기를 했다는 관치의 말에 지효원의 입이 묘하게 비틀렸다. 재갈을 물고 있어 명확하진 않았지만 분명히 비웃음이었다.

"재갈을 풀어주겠다. 말을 하든 혀를 깨물든 더 이상 상관하지 않을 것이다."

관치는 지금부터는 죽는다 해도 막지 않겠다 이야기하며 입을 틀어막았던 재갈을 빼냈다. 다시 혀를 깨문다면 어쩔 수 없다 생각한 것이다. 죽어도 말을 하지 않을 결심이라면 더 이상 사내의 입을 열게 할 방법이 없었기 때문이다.

"죽지 않는 것이오?"

재갈을 풀었어도 혀를 깨물지 않는 사내의 모습에 관치는 의아한 표정을 보였다.

"이젠 그럴 필요가 없어졌지."

"호, 왜 생각이 변한 것이오?"

"모두가 포기를 하고 돌아갔다고 하지 않았나?"

"그렇소."

"클클클, 지금쯤이면 이곳을 찾아냈겠군."

"그게 무슨 말이오?"

"더 이상 찾지 않는단 말은 이미 찾아냈다는 말과 같은 뜻이다. 모르겠느냐?"

관치는 사내의 말에 몸을 일으켰다. 더 이상 찾지 않는 것이 아니라 이미 찾아냈기에 찾아다니지 않는단 말을 듣는 순간 그들은 절대 포기하지 않는다는 의미임을 깨달은 것이다. 잡아온 자의 지독함을 생각한다면 충분히 가능성이 있는 이야기였다.

"크하하하! 이미 늦었다. 저승길 동무로 네놈들을 데려갈 수 있다면 그것도 나쁘지 않겠지!"

관치는 곧바로 지하를 빠져나오더니 사마건을 찾아갔다.

"이곳이 알려진 것 같습니다."

"그게 무슨 소리냐? 그들은 이미 떠났다고 하지 않았느냐."

맥수지탄(麥秀之嘆) • 117

"그게 아닙니다. 우리를 찾아냈기에 몸을 감춘 것입니다."
"그렇다면!"
사마건 역시 관치가 무슨 말을 하려는지 곧바로 알아챘다.
"일단 이곳을 나가야······."
"만약 이곳이 발각된 상태라면 나가선 안 된다. 너도 알다시피 이곳은 몸을 숨기는 것이 목적이기도 하지만 다수의 적을 상대하기 위해 만들어진 곳이기도 하다. 밖으로 나가 봐야 오히려 놈들에게 도움만 주는 꼴이 될 것이다."
"일단 사람들을 모으겠습니다. 우리가 뭘 해야 할지 알려 주십시오."

관치는 층층 사이로 뚫려 있는 구멍을 오가며 연준하와 미란, 민영에게 위험이 닥쳐올 수도 있음을 알렸다. 적들이 몰려온다는 말에 급히 몸을 일으킨 세 사람은 관치를 따라 사마건이 기다리고 있는 곳에 모여들었다.

어느새 사마건은 칠흑처럼 검은 야행복을 입고 네 사람을 기다리고 있었다. 미란은 사마건의 복장을 보며 의아한 표정을 지었다. 얼굴까지 두건으로 완벽하게 가린 상태로 꼬챙이처럼 생긴 검을 들고 있었기 때문이다.

"안에서 상대한다고 들었는데······."

미란은 사마건의 복장이 금방이라도 밤하늘을 날아오를 것처럼 보이자 곧바로 질문을 던졌다.

"너희들은 안에서 상대를 하면 된다. 이곳은 과거 내가 몸

담고 있던 살천의 방어 구조를 본떠 만든 곳이니, 몇 배의 적이 공격해온다고 해도 충분히 버틸 수 있을 것이다."

"어르신도 이곳에서 함께······."

"방어는 가능하지만 물리치는 것은 불가능해. 누군가는 밖으로 나가 저들을 물리쳐야 한다."

"저도 함께 가겠어요. 은신엔 약하지만 암기술이라면 어르신을 충분히 도와드릴 수 있어요."

 미란은 사마건 혼자 위험한 곳으로 보낼 수 없다는 듯 앞으로 나섰다.

"의미 없는 짓이다. 안에서 방어를 할 수 있는 이유는 이 건물의 구조 자체가 은신에 기반을 두었기 때문이다. 밖으로 나간다면 아무리 암기를 잘 다룬다 해도 얼마 버티지 못할 것이다."

"하지만!"

"잊지 말거라. 암기의 고수들만 모여 있던 당문을 반나절 만에 멸문시킨 자들이다. 어설픈 도움은 오히려 방해만 될 뿐이니 내 말대로 하거라."

 며칠뿐이었지만 함께 지내는 동안 툴툴대면서도 자신을 딸처럼 대해주는 사마건의 모습에 어느새 정이 든 미란이었다. 홀로 적진에 뛰어든다는 사마건의 말은 그런 미란의 마음을 안타깝게 만든 것이다.

"관치야."

"네."

"혹시 나에게 일이 생긴다면……."

"그럴 리가 있겠습니까."

"클클클, 그래. 그럴 리가 없지. 살천(殺天) 제일의 살수였던 특급 일 호가 겨우 저런 놈들에게 당할 리는 없겠지. 이런, 아니길 바랐는데 진짜 이곳이 발각된 것 같구나."

사마건은 건물 안쪽에 설치된 조그만 방울이 울림소리를 내자 아쉬운 표정을 지었다. 그래도 혹시나 하는 마음을 가지고 있었던 것이다.

"어떻게 하면 됩니까?"

관치 역시 미란의 마음과 다르지 않았지만 사마건의 말대로 안에서 적들을 막아서는 게 유리하다는 것을 인지하고 있었다. 사마건은 건물 곳곳에 설치된 기관과 암기들을 알려 주며 각자가 할 일을 지시해놓고 벽에 뚫려 있는 작은 구멍 속으로 모습을 감췄다.

"저곳이냐?"

달도 뜨지 않아 한 치 앞도 구분하기 어려운 밤이었지만 사내는 아무렇지도 않다는 듯 관치 일행이 숨어 있는 건물을 가리켰다.

"그렇습니다."

"천령은?"

"아직 놈들에게 잡혀 있는 것 같습니다."

"바보 같은 놈. 겨우 저따위 놈들에게 붙잡히다니."

사내는 한심하다는 듯 말을 내뱉더니 바로 공격 명령을 내렸다.

"당가의 여자들을 제외하곤 모두 죽여라."

"존명!"

사내의 명령에 마흔에 이르는 흑의인들이 야조처럼 몸을 날렸다.

딸랑딸랑.

건물 곳곳에 매달려 있는 작은 방울이 연방 요동을 치며 울림을 토해냈다. 그럴 때마다 건물 안에 남아 있던 네 사람은 방울 소리가 들린 곳으로 몸을 날려 암기를 발사하는 기관을 작동시켰고, 몇몇 흑의인들이 쓰러지는 소리가 들려왔다. 기습을 한다는 생각에 밤중에 찾아온 것이겠지만 관치 일행에겐 그것이 오히려 도움이 되고 있었다. 달도 뜨지 않은 어둠이었기에 흑의인들의 움직임이 평소보다 둔해진 것이다. 거기다 흑의인들이 움직일 때마다 곳곳에 설치된 실을 건드리고 있어 관치 일행의 공격은 상당한 효과를 거두고 있었다.

"건물 주변에 기관이 설치되어 있는 데다 들어가는 문이 없습니다."

"무슨 소리냐? 들어가는 문이 없다니."

"모양은 문이 분명한데 막상 열어보면 모두 벽입니다."

사내는 부하의 보고에 미간을 찡그렸다. 철저히 적들을 방어하고 교란하기 위해 만들어진 안전 가옥임을 깨달은 것이다.

"문을 열고 벽이 나온다면 그 벽을 부숴라. 어떻게든 길을 찾아!"

"하지만……."

흑의인은 보이지 않는 공간에서 연방 날아드는 암기 때문에 피해가 크다고 말하려 했지만 뜻을 이루지 못했다.

"하지만은 없다! 문을 찾아내지 못한다면 아예 건물을 부숴버려라! 이곳에서 놈들과 공멸하는 한이 있더라도 오늘을 넘겨선 안 된다."

"알겠습니다."

사내는 미처 예상치 못한 상황에 짜증이 났는지 신경질적인 반응을 보였고, 평소 그의 성격을 잘 알고 있는 흑의인들도 더 이상 토를 달지 않고 다시 몸을 날렸다.

"사형들보다 먼저 일을 끝내야 한다."

이번 중원행은 오랫동안 문파의 앞길을 막아온 평정문의 흔적을 철저히 제거하는 목적도 있었지만, 사형제간의 경쟁을 통해 후계자 자리를 결정하는 일종의 시험이나 마찬가지였다. 그나마 다른 사형들보다 어렵지 않은 일을 맡은 상태였기 때문에 사내는 더욱 빨리 일을 처리해야 한다는 부담감까지 안고 있었다.

백 년에 걸쳐 평정문의 흔적을 찾아온 자신들이었다. 백사십 년 전과 백 년 전 모두 두 번의 중원행이 결정되었지만 매번 평정문 때문에 자신들의 꿈이 좌절당했었다. 더 이상 굴욕을 당하지 않기 위해 그 후 무려 백 년에 걸쳐 힘을 키워온 자신들이다. 마음 같아선 당장이라도 중원을 향해 움직이고 싶었지만, 이미 평정문 때문에 좌절을 맛보았던 장로원의 노괴들은 여전히 조심을 하고 싶어 했다.

"늙으면 소심해진다더니, 그깟 평정문 따위 모습을 드러내면 그냥 쓸어버리면 그만일 것을."

사내는 장로원의 명령에 불만이 많은 듯 연방 투덜거렸다.

"죽산과 한림서원으로 간 사형들도 지금쯤 시작을 했을 텐데……."

어둠 속에 녹아든 사마건은 건물에서 암기가 발사될 때마다 운 좋게 그것을 피해낸 자들을 제거하며 적들의 숫자를 줄여 가고 있었다.

흑의인들은 동료의 죽음이 건물에서 쏟아진 암기 때문이라고 생각하고 있었지만, 사실 목숨을 잃은 자들 중 절반 이상은 암기가 아닌 사마건의 꼬챙이에 가슴과 목이 뚫린 채

맥수지탄(麥秀之嘆) • 123

죽은 자들이었다.

"정말 늙었나 보군. 겨우 다섯을 해치웠을 뿐인데 벌써 숨이 차다니."

사마건은 흔적을 들키기 않기 위해 은신술을 최대치로 발휘하고 있었다. 주변에 완벽하게 동화되어 기척을 숨기기 위해선 엄청난 심력의 낭비가 필요했다. 전신의 힘을 완전히 뺀 상태로 근육을 풀어주고 있다 기회가 생길 때마다 몸의 근육을 최대치로 이완시키는 일 역시 노쇠한 몸에 엄청난 부담을 주고 있었다.

과거 살천의 꿈이자 목표였던 살왕의 무공, 살무(殺舞). 결국 그것을 완성시키고 그렇게 바라던 경지에 올라섰지만 살수의 길을 포기한 사마건에겐 누군가에게 전수를 할 수도, 그것을 사용할 일도 없어진 비운의 무공이었다. 40년 이상 사용하지 않았던 궁극의 비기를, 그것도 생의 마지막에 다다라 살무가 빛을 보고 있었.

꼬리가 길면 밟힌다고 했던가. 사력을 다해 움직이던 사마건이었지만 결국 몸이 부담감을 이기지 못해, 건물 곳곳을 포위하고 신랄하게 움직이고 있던 흑의인들의 눈에 암기 이상의 다른 존재가 있음을 들키고 말았다.

"누군가 있다! 건물에서 떨어져 암수를 찾아라!"

흑의인 중 하나가 보이지 않는 적에 대해서 경고를 하는 순간 흑의인들의 움직임이 부산스러워졌고, 결국 사마건이 숨어 있던 곳이 드러나고 말았다.

"은신에 강한 자다. 방위를 선점해라!"

흑의인들은 사마건이 어떤 존재인지 파악하는 순간 주변을 포위하더니 은신에 적합한 공간을 먼저 차지해버렸다.

적의 사각에 숨어들어 소리 소문 없이 움직이는 것이 은신술의 기본이었다. 사람의 몸은 안개처럼 흩어지거나 갑자기 땅속으로 숨어들 수 없다. 단지 그렇게 보이게 속임수를 발휘하는 게 은신의 목적이었다. 그러나 그런 속임수도 시기가 맞아야 하고, 위치가 정확해야 하며, 상대의 허를 찌를 수 있는 상태여야만 했다.

더 이상 눈속임을 발휘하기 어려운 상태가 된 사마건은 결국 흑의인들 앞에 모습을 나타내야만 했다. 약속이나 한 듯이 곳곳에 뿌려 대는 검기 때문에 더 이상 몸을 움츠릴 수 없게 된 것이다.

"놈!"

흑의인들은 곳곳에 쓰러져 있던 동료들의 죽음이 사마건의 짓임을 알게 되자 살기를 쏟아내며 압박을 시작했다.

"죽어라!"

"타앗!"

오래전부터 검진을 익혀 왔는지 흑의인들의 움직임은 철두철미했다. 곧 진의 중심에 갇혀 버린 사마건은 순식간에 검상이 늘어나며 호흡이 거칠어지기 시작했다. 그러나 그에게 상처를 입혔던 흑의인들 역시 그 이상의 피해를 입어야 했고, 자신들이 상대하는 자가 단번에 제압할 수 없는 고수임을 알게 되자 더욱 조심스럽게 움직이기 시작했다.

건물을 포위하고 입구를 찾고 있던 흑의인들이 누군가에게 검진을 펼치며 공방을 주고받자, 그들에게 명령을 내렸던 사내가 사마건과 흑의인들의 격전 장소에 모습을 드러냈다.

"물러서라."

사내의 말에 검진을 펼치고 있던 흑의인들이 검을 거둬들이며 신속하게 뒤로 물러섰다.

"이자는 내가 처리하지. 너희들은 안에 들어 있는 자들을 상대해라."

사내는 부하들이 입구를 찾지 못하고 혼란을 겪었던 것이 야행복을 걸치고 있는 자 때문임을 알게 되자, 더 이상 문제될 게 없다는 듯 미소를 지었다. 방해하는 자가 없어졌으니 아무리 안전 가옥으로 지어진 건물이라고 해도 얼마 버티지 못할 게 분명했다.

"누군지 모르겠지만 능력이 대단하군."

사내는 건물 주변에 쓰러져 있는 부하들의 시체를 바라보며 고개를 끄덕였다.

"무엇 때문에 이런 짓을 벌이는 것이냐?"

사마건은 자신을 막아선 사내가 흑의인들의 수괴임을 알

아차리고 이유를 물었다.

"이유?"

"당문의 그 많던 사람들을 모두 죽이고, 그것도 모자라 남은 생존자들까지 죽이려 들다니. 어떤 원한을 가지고 있는지 모르겠지만 인간의 탈을 쓰고 어찌 그리 잔인하단 말이냐!"

"푸후후, 원한?"

사내는 사마건의 말에 웃음이 나오는지 입술을 삐죽거렸다.

"원한이 아니라면 무엇 때문에 이런 일을 벌이는 것이냐!"

"원한이 아니라고 누가 그랬지?"

"……"

"아, 물론 당문에 원한이 있다거나 그런 건 아니야. 단지 원한에 관련된 물건이 당문에 있어서 말이야."

"그게 무슨……"

사마건은 단지 원한에 관련된 물건이 있다는 이유만으로 그 많은 사람들을 죽였다는 사내의 말에 어이없는 표정을 지었다.

"구질구질하게 따지지 말자고. 목소리를 들어보니 이미 살 만큼 산 노인네 같은데, 지금이라도 자결을 한다면 너그러이 용서해주지."

"크하하하! 자결?"

사마건은 스스로 목숨을 끊으면 용서를 해주겠다는 사내의 말에 대소를 터트렸다.

"그것참, 왜 사람들은 좋게 말을 해도 못 알아먹는지 모르겠다니까."

사내는 도무지 이해할 수 없다는 듯 고개를 젓더니 사마건을 향해 손을 들어올렸다.

"일단 팔부터."

사내는 손끝을 가볍게 튕기며 사마건의 팔을 가리켰다.

퍽!

"큭!"

사내가 손가락을 튕기는 순간 소리도 형태도 없이 날아든 기운 하나가 사마건의 오른팔을 부러트렸다.

"이런, 많이 아파? 그러게 알아서 혼자 죽어버렸으면 서로 찡그릴 일도 없고 얼마나 좋아. 이번엔 다리로 할까?"

사내는 재미있다는 듯 또다시 손가락을 튕겨 냈다. 그러나 이미 무형의 지풍에 팔이 부러진 사마건이 넋 놓고 당할 리는 없었다.

"어라? 빠르네."

사내는 사마건이 순식간에 몸을 움직여 자신의 공격을 피해내자 웃긴다는 듯 미소를 지어 보였다.

"놈! 죽어라!"

사마건은 사내를 향해 그대로 몸을 날려 육탄으로 돌진을 했다.

"최후의 발악인가?"

사내는 사마건이 몸을 아끼지 않고 돌격해오자 가볍게 혀를 차더니, 양손을 들어올려 연거푸 네 번의 지풍을 날려 보냈다.

"잔상을 남겨?"

남아 있던 팔다리는 물론이고 머리통에도 구멍을 내버릴 생각에 지풍을 날렸던 사내는 사마건의 모습이 흐릿하게 변하면서 흐트러지자 의외라는 표정을 지었다. 잔상을 남길 정도로 이동하려면 이형환위 정도는 펼칠 수 있어야 가능했고, 그 정도 신법을 사용하는 자라면 무림에서도 상당히 이름 있는 자라는 생각이 든 것이다.

"하지만 거기까지."

사내는 번개처럼 몸을 돌리더니 또다시 지풍을 쏘아 보냈다.

"크악!"

지효원을 상대할 때처럼 사내의 뒤를 노렸던 사마건은 쇄골을 부러트리며 어깨를 뚫고 지나간 지풍에 큰 상처를 입고 뒷걸음질 쳤다.

"늙은이, 재롱은 거기까지다."

사내는 벌써 싫증이라도 느꼈는지 권태로운 표정을 지으며 다시 손을 들어올렸다. 사마건은 자신의 능력으론 어떻게 해볼 수 없는 자라는 생각이 들자 미련 없이 건물 쪽으로 몸을 날렸다. 어차피 정면대결이 아닌 암수에 강한 사마건이었기에 승산이 없다고 느낀 것이다.

"어딜 가느냐!"

사내는 사마건이 도망을 치려 하자 어림없다는 듯 양손을 휘저으며 장풍을 쏘아냈다. 무형무음의 지풍과 달리 이번에 쏘아낸 장풍은 쉐애액 소리를 내며 사마건의 뒤를 쫓았다.

파악!

"아악!"

섬뜩한 절삭음과 사마건의 비명 소리가 거의 동시에 터져나오자 흡족한 미소를 짓던 사내는 그 와중에도 사마건이 건물 속으로 모습을 감추자 아쉬운 표정이 되었다.

"생각보다 대단한 늙은이군. 겨우 다리 한쪽인가?"

사내는 자신의 공격에 한쪽 다리를 떨어뜨린 채 모습을 감춘 사마건의 능력에 내심 감탄하는 모습을 보였다. 대부분의 사람들은 팔다리가 잘리는 충격만으로도 정신을 놓는 경우가 많았기 때문이다.

"훗, 그래봤자 독 안에 든 쥐다."

"숙부님!"

관치는 추락이라도 하듯 건물 안으로 떨어져 내린 사마건을 발견하고 비명에 가까운 외침을 보였다.

사마건을 숙부라고 부르는 관치의 모습에 미란과 민영이 '그게 무슨?'이라는 표정을 지었지만, 사마건의 모습을 확인하는 순간 관치가 사마건을 뭐라고 불렀는지는 더 이상 중요한 일이 아니게 되었다. 전신에 피칠을 한 것도 모자라 왼쪽 다리가 잘린 채 나타난 것이다.

"어, 어르신!"

미란은 자신의 치맛단을 거침없이 찢어내더니 다리가 잘린 부위 위쪽을 묶어 급히 지혈을 시켰다. 검상이라면 혈도를 눌러 출혈을 잡을 수 있지만 이렇게 통째로 절단된 경우엔 직접 묶는 것 외엔 방법이 없었기 때문이다.

민영 역시 품에서 주머니 하나를 꺼내더니 사마건의 잘린 다리 위에 백색 가루를 있는 대로 뿌려 댔다. 혈액이 응고되도록 하는 지혈제였다.

"크으윽."

"숙부님, 이게 어떻게 된 겁니까?"

관치는 도저히 믿을 수 없다는 듯 사마건의 다리를 바라봤다.

"킥킥킥, 나도 늙었나 보다."

"숙부님!"

관치는 그 와중에도 웃음을 잃지 않고 말을 늘어놓는 사마건의 모습에 왈칵 눈물이 솟구쳤다.

"이러고 있어선 안 돼. 생각보다 무서운 놈이 같이 왔더라."

"말씀을 아끼십시오."

관치는 사마건이 말을 할 때마다 몸에 난 상처들이 피를 쏟아내자 급히 제동을 걸었다.

"이놈아, 이미 늦은 거 알잖아. 안 그래도 마른 몸인데 쏟아낸 피가 한 동이는 되겠다."

"……"

관치는 고개를 흔들며 시간 낭비 말라는 사마건의 말에 고개를 숙여 버렸다.

"미란이 너!"

"네… 네, 어르신."

"그놈이 그랬다. 당문이 멸망한 것은 당문에 있어선 안 되는 물건이 있었기 때문이라고. 그게 뭔지 모르겠지만… 크윽!"

사마건이 말을 하다 말고 고통에 몸을 떨자 그를 부축하고 있던 민영과 미란의 몸 역시 떨림을 일으켰다.

"그러니까 내가 하고 싶은 말은… 저놈들이 그 물건을 불편해… 하는 것 같다는 거지. 으으윽, 그러니까. 그… 그러니까 뭐… 뭔지 모르겠지만……."

"그만! 그만 말씀하세요. 저 영특한 거 아시잖아요. 이미 다 알아들었어요. 그러니 그만."

미란은 말할 때마다 호흡이 흐트러지며 고통에 시달리는 사마건의 모습에 더 이상 못 참겠다는 듯 고개를 흔들었다.

"하악, 하악. 과… 관치야……."

"말씀하세요."

"제일… 흥신소 부… 부탁한다. 줄게… 의뢰를… 마무리… 아, 젠장! 뭐가 이렇게 아프냐! 흐윽!"

사마건은 팔이 부러졌다는 것도 잊어버렸는지 자꾸만 어깨를 들썩이며 손을 들어올리려 했다. 하지만, 결국엔 마지막 손짓을 하지 못한 채 숨이 끊어지고 말았다.

"으아아악!"

소민을 잃은 지 며칠 지나지 않아 이번엔 숙부까지 잃게 되자 관치는 속이 터질 것 같은 슬픔에 마음을 진정시킬 수가 없었다. 목이 터질 듯 울음을 터트리는 관치의 모습에 연준하는 물론이고, 미란과 민영 역시 눈물을 참지 못하고 울음을 터트리고 말았다.

〈이런, 그새 또 일이 생긴 건가?〉

'……'

〈쯧쯧쯧, 내가 말했지. 세상은 네가 생각하는 것처럼 그렇게 돌지 않는다니까.〉

'……'

〈언제든지 말해. 언제나 너와 함께 있으니까.〉

'……'

〈망설이지 마. 나는 너고 너는 나잖아. 망각할 게 따로 있지. 그런 걸 잊어버리니 매번 이런 꼴이지.〉

제5장. 불문가지(不問可知)

불문가지(不問可知)

-묻지 않아도 충분히 알 수 있다.

"지금 나에게 그 말을 믿으라는 겁니까?"

"……."

"훗, 장난도 적당할 때가 좋은 겁니다. 그분이 어떤 분인데, 뭐가 어쩌고 어째요? 쇄골이 부서져 어깨가 찢어지고, 팔은 부러져 움직일 수도 없었으며, 한쪽 다리가 잘린 채 그렇게 돌아가셨다는 말을… 지금 저보고 믿으라는 겁니까?"

진하석은 사마건이 결국 목숨을 잃었다는 말에 평정을 잃을 정도로 흥분하고 있었다.

한참 이야기하고 있던 관치는 예상 밖의 반응을 보이는 진하석의 모습에 잠시 입을 다문 상태였다. 직접적인 혈연관계에 있는 것도 아니고, 그렇다고 사마건을 찾는 일이 일생일대의 목표도 아닌 게 분명했다. 진하석의 말대로라면 그저 그의 할아버지와 인연이 있고 그분이 보고 싶어 한다는 것이 관치가 아는 전부였다.

"말도 안 돼. 그분이 그렇게 돌아가실 리도 없고, 또 그렇게 가실 분도 아닙니다."

관치는 금방이라도 눈물을 흘릴 것처럼 '사실이 아니라고 말해!' 라고 자신을 바라보는 진하석의 모습에 '맞아. 사실이 아니야.' 라며 고개를 끄덕였다.

"사실은 이야기의 극적 재미를 위해 설정을 그렇게 잡았을 뿐입니다. 이야기는 이야기일 뿐, 그 이상도 이하도 아니라는 걸 알고 있지 않습니까."

"그럼 사실을 이야기해주십시오. 그분은 지금 어디에 계신 겁니까?"

"사실 저도 그분이 어디에 있는지, 또 어떻게 지내시는지 잘 모릅니다. 우연히 그런 분이 있다는 말을 듣고 이야기 속에 등장을 시킨 것뿐입니다."

관치는 자신도 정확히 알지 못하기에 자세히 알려 줄 수 없다고 이야기했다.

"정말입니까?"

"그렇습니다. 단지 제가 마지막으로 그분의 소식을 들었던 것이 있는데……."

"그게 무엇입니까?"

"살왕의 무공, 살무를 한 단계 더 발전시키고자 은거에 들어가셨다고 들었던 것 같습니다."

"하하하, 역시 그렇죠? 이야기는 이야기일 뿐, 그럴 리가 없죠. 그럼요. 그분은 전설입니다. 살왕의 무공을 완벽하게 완성한 분 아닙니까. 하하하하!"

진하석은 연방 웃음을 보이면서도 결국은 눈물을 참지 못하고 고여 있던 눈물을 주르륵 쏟아냈다.

사람들은 진하석이 보이는 눈물의 의미가 정확히 어떤 것인지 쉽사리 판단을 내릴 수가 없었다. 하지만 어느 누구도 진하석의 눈물이 '이야기는 이야기일 뿐, 사마건이 사실은 은거에 들어갔다는 사실이 기뻐서 눈물을 보이는 것'이라곤 생각지 않았다. 하지만 지금 이 자리에 진하석이 우는 이유는 사마건이 죽었기 때문이야, 라고 속닥거릴 만큼 간 큰 사람은 한 명도 없었다.

관치는 진하석의 할아버지가 사마건과 동료였다는 말에 그의 조부도 과거 살천의 사람이었음은 어느 정도 예상한 상태였다. 하지만 사마건의 죽음에 이렇게 민감하게 반응을 보일 줄은 몰랐기에 마음이 무거워졌다. 세상 사람들은 각자 자신만의 영웅을 기억하고 그 영웅이 전설로 남기를 바라는 건지도 모른단 생각이 들었다. 어쩌면 진하식에겐 살무를 완성시켰던 사마건이야말로 세상 어떤 존재보다도 위대하고 큰 사람이었는지 모르는 일 아닌가.

 한동안 그쳤던 비가 눈치도 없이 다시 쏟아지기 시작했다. 관치는 어딘가 모르게 빗줄기가 청승맞다는 생각이 들었다.

◈ ◈ ◈

 쿵!
 "무, 무슨 소리죠?"
 사마건의 죽음에 넋을 놓고 있던 미란이 갑작스런 충격음에 불안한 표정을 지었다.
 "기관이 무너지는 소리다."
 "그렇다면 적들이 들어오고 있다는 말이잖아!"
 연준하는 이렇게 넋 놓고 있을 때가 아니라는 듯 방법을 찾아야 한다고 했다. 미란과 민영 역시 뭔가 방법이 없겠냐는 듯 관치를 바라봤다.
 "지금부터 모두 내 말을 잘 들어."
 세 사람은 고개를 끄덕이며 관치의 말에 집중했다.
 "내가 제일흥신소에 의뢰했던 내용은 미란과 민영이 안전하게 적들의 위험에서 벗어나는 것이었다."
 "나, 나는?"
 연준하는 미란과 민영의 안전을 의뢰했다는 관치의 말에

당황한 표정이 되었다.

"결정을 해. 어떻게 할 거야? 나와 함께하겠어, 아니면 이곳을 떠나 혼자서 살아가겠어?"

"나는……."

"빨리 결정해요. 기관이 부서지는 소리 안 들려요?"

미란은 주춤거리는 연준하에게 버럭 소리를 질렀다. 한시가 급한 마당에 선뜻 말을 하지 못하고 더듬거리는 연준하의 모습이 답답했던 것이다.

"이름을 버릴 수는 없다. 하지만 관치 당신과 함께하겠어."

"좋아. 그럼 너는 이 순간부터 제일홍신소의 직원이다."

"뭐?"

연준하는 자신이 아무리 몰락을 했어도 길바닥 해결사, 그것도 직접 운영하는 것도 아니라 관치 밑에서 직원이 된다는 것은 너무한다는 표정을 지었다.

"나는 사마 숙부님에게 홍신소를 책임지겠다고 약속했다."

"그건 나도 들었다."

"그렇다면 이제부터 미란과 민영의 안전을 책임지는 일은 내가 마무리해야 할 일이 된 거지."

세 사람은 연방 고개를 끄덕였다.

"하지만 나 혼자선 어려워. 나를 도와줄 조수가 필요해."

"지금 나보고 네 조수를 하라는 것이냐?"

"함께하겠다면."

"그게… 난 화산의 사람이고……."

여전히 사문에 미련을 버리지 못하는 연준하의 얼굴에 민영의 손이 날아들었다.

짝!

"정신 차려요! 당신은 이미 화산에서 파문당했다는 걸 잊었나요?"

연준하는 뺨을 얻어맞으면서도 계속 대답을 머뭇거렸다.

"제가 하겠어요! 저 바보 같은 사람이 조수를 맡는다면 오히려 더 위험해질지도 몰라요."

연준하가 머뭇거리는 사이 오히려 조수를 하겠다고 나선 사람은 미란도 아닌 민영이었다. 언제나 조용하고 차분해 보이던 그녀였지만, 막상 위기 상황에 직면하니 누구보다 적극성을 보이고 있었다.

"좋아. 너를 보호하는 게 내 임무고 네 보호자 또한 나다. 그리고 앞으로 너는 제일흥신소 사람이다. 잊지 마라."

"절대 안 잊어요."

"나는 왜 빼는 거죠? 왜 물어보지도 않아요?"

미란은 서운하다는 듯 관치를 바라봤다.

"미란 당신은……."

"내가 당신에게 못되게 군 것을 모르진 않아요. 하지만 연준하처럼 공과 사를 구분하지 못할 정도는 아니에요. 거기다 민영을 보호하는 것은 제 임무이기도 해요."

쿠쿵!

또다시 기관이 부서지는 소리가 들려왔다. 처음 들려온 소리보다 가까워진 것을 보면 버틸 수 있는 시간이 얼마 남지 않은 것 같았다.

"좋아. 두 사람 모두 잘 부탁한다."

"잘 부탁드려요."

"저 역시."

미란과 민영은 당장 무엇부터 하면 좋겠냐며 질문을 던졌다.

"우리가 이곳을 빠져나갈 방법은 단 하나뿐이다."

"싸워야 하나요?"

미란은 기름 먹인 사슴 가죽으로 만든 장갑을 양손에 꼈다. 독이 묻은 암기를 사용할 때 사용자가 중독되지 않도록 보호해주는 장갑이었다. 어차피 이렇게 된 것, 가지고 있던 독과 암기를 모조리 쏟아 부을 생각이었다.

"아니. 나는 이곳을 날려 버릴 거야."

"네?"

"그게 가능하나요?"

미란과 민영은 관치의 말에 눈을 깜빡거렸다. 무슨 수로 이 건물을 날려 버린단 말인가.

"보통 이런 규모의 토목공사엔 전체 기관을 장악하고 연결시키는 중앙 장치가 포함되어 있다."

"전체 기관을 제어하는 부분을 망가트리면……."

"그래. 건물 전체가 붕괴를 일으키겠지."

"하지만 그렇게 되면 우리도 위험하지 않나요? 어차피 밖으로 나갈 수 없는 상태잖아요."

미란은 건물을 무너트리는 것은 둘째 치고 자신들도 위험에 처할 수 있다며 반대 입장을 보였다.

"옥탑 방 기억하지?"

"네. 연준하가 누워 있던."

"이 건물에서 가장 구조가 약하고 외부와 가까운 곳이 바로 그 옥탑 방이야. 모두 그곳으로 들어가 있어."

"어떻게 하려고요."

"이틀간 건물 구조를 살펴봤는데, 기관이 붕괴하면 가장 먼저 사방을 받치고 있는 기둥들이 쓰러질 거야. 건물은 사층으로 되어 있지만 기둥이 받치고 있는 곳은 삼 층까지니, 상층(上層)에 있는 옥탑 방은 안쪽이 무너진 뒤에야 떨어져 내릴 거야."

"상층에 있어 떨어지는 시간이 늦긴 하겠지만 자칫하면 잔해 사이에 파묻힐 수도 있어요."

"그 전에 천장을 부수고 탈출할 거야. 아까 말했잖아. 그곳의 구조가 가장 빈약하다고. 그리고 현재로선 그 외엔 방법이 없어. 놈들이 안으로 들어오면 기관을 파괴할 거야. 놈들이 도착하기 전에 어서 올라가!"

미란과 민영은 여전히 불안한 표정을 지우지 못했지만 현재로선 그 방법밖에 없다는 관치의 말에 일단 옥탑 방으로 올라가기 시작했다.

"뭐 해? 넌 여기서 죽을 거야?"

관치는 미란과 민영의 뒤를 쫓지 못하고 서성거리는 연준하의 모습에 소리를 질렀다.

"나는……."

"됐다. 그동안 인생의 전부였던 부분을 포기한다는 게 쉽지는 않다는 걸 알고 있다. 하지만 일단 살아나야 그 이상의 고민도 할 수 있으니 빨리 옥탑 방으로 올라가. 만에 하나 건물이 무너지는데도 내가 나타나지 않으면 어떻게든 지붕을 부수고 밖으로 도망을 쳐. 무슨 뜻인지 알지? 혹시라도 운 좋게 빠져나가면 토굴 출구가 있던 집에서 보자."

연준하는 관치의 마지막 말에 움찔한 표정을 보이다가 상층으로 모습을 감췄다.

"지하에서 옥탑까지 그동안은 건물이 버텨 줘야 할 텐데."

건물을 지탱하고 기관의 중심은 건물 지하에 자리 잡고 있었다. 그것을 파괴하는 건 어렵지 않겠지만, 문제는 자신이 옥탑까지 갈 만한 시간이 되는가 하는 것이었다.

"아직도 멀었나?"

"거의 다 왔습니다. 건물 전체가 기관 덩어리입니다. 이런 구조물은 저희도 처음 접해보는 것이라······."

흑의인들 중 기관에 조예가 있는 자들이 앞장서서 기관을 해체하고 있었지만 생각보다 속도가 나질 않았다. 한두 개 부수고 나면 끝날 것이라 생각한 것이 실수였다. 지금쯤이면 안에 있던 놈들이 뭔가 방법을 찾았을 수도 있을 만큼 많은 시간이 흐른 것이다.

사실 건물 근처에 다가가 일을 벌이는데도 더 이상 암기가 날아들지 않자, 이미 안에 있던 자들이 다른 통로를 통해서 도망을 간 것이 아닌가 의구심이 들기도 했다. 이미 지효원과 2개 조가 말도 안 되는 방법에 걸려들어 전멸을 당했었기에 더욱 조심스러워질 수밖에 없었다. 당문세가의 독과 암기도 큰 피해 없이 어렵지 않게 물리쳤던 흑의인들이지만, 지효원처럼 예상치 못한 방법으로 공격을 당하게 되면 대응책이 없기는 마찬가지였다.

지하로 내려온 관치는 기관의 중앙 제어장치를 살피기 시작했다.

"최종 단계에 와 있군."

이미 동쪽 방벽은 거의 모든 기관이 작동을 멈춘 상태였다.

"마지막 기관이 정지하면……."

 관치는 적들이 최종 방벽을 부수고 들어오는 순간 중앙 제어장치를 파괴할 생각이었다. 그들이 안으로 들어온 순간 건물의 붕괴가 일어나야 그나마 다른 일행의 탈출이 용이해지기 때문이다. 모든 적을 붙잡아둘 수는 없겠지만 적의 숫자를 줄일 수 있다는 것만으로도 충분히 실행에 옮길 수 있는 일이었다. 관치는 자신이 기관 진식에 대해 공부를 해놓은 것이 얼마나 다행인지 모른다는 생각이 들 정도였다.

 크릉!

 투투둥!

 최후 방벽이 무너지기를 기다리고 있던 관치는 드디어 신호가 오자 삭 기관의 동력을 전달하고 있던 제어장치에 나뭇조각을 던져 넣었다. 각각의 톱니가 맞물려 돌아가는 구조였기에, 톱니의 이빨이 부서지는 순간 연결되어 있던 다른 바퀴들까지 엇갈리면서 연쇄적으로 기관이 붕괴될 것이다.

"최대한 빨리!"

 관치는 기관을 파괴하는 순간 망설임 없이 등을 돌렸지만 위층으로 올라가는 건 포기해야 할 상황이 발생했다. 재갈을 풀어줬던 지효원이 어느새 포박을 풀고 밖으로 나와 있었던 것이다.

"어딜 그렇게 급하게 가나?"

"지금 날 막는 것보다 이곳을 나가는 게 더 급선무일 것 같은데."

"무슨 뜻이냐?"

"방금 건물 전체를 지탱하고 있던 기관의 중추를 부숴버렸거든."

"그게 무슨……."

"잠시 후면 건물 전체가 내려앉는단 소리지. 여기서 이러고 있다간 둘 다 빈대떡이 되고 말 거야."

지효원은 관치의 말을 믿을 수 없다는 듯 고개를 흔들었다.

"그렇게 했다간 다른 사람들도 다칠 텐데 그게 말이 되나?"

"머리가 어떻게 된 거 아냐? 다른 사람은 이미 다 나갔지."

관치는 머리가 있으면 생각 좀 하라는 듯 손가락으로 이마를 톡톡 두들겼다.

"그럴 리 없다. 좀 전에 네놈 말대로라면 지금쯤 동료들이 건물을 포위하고 있을 것인데 어떻게 빠져나갔단 말이냐?"

우르르르릉!

지효원은 갑자기 바닥이 흔들거리며 뭔가 무너지는 소리가 터져 나오자 설마 하는 표정을 지었다.

"아직도 못 믿겠다면 그냥 여기서 같이 죽든지."

관치는 모르겠다는 듯 아예 팔짱을 껴 버렸다.

"젠장!"

지효원은 건물의 붕괴가 사실임을 확인하자 발등에 불이라도 떨어진 것처럼 밖으로 달려 나갔다. 그리고 친절하게도 지하로 통하는 문을 걸어 잠그더니 '빈대떡은 혼자서 되라.'는 말을 남기고 사라져 버렸다.

"빌어먹을!"

관치는 곳곳에서 삐걱 소리를 내며 건물이 와르르 무너져 내리기 시작하자 허탈한 표정이 되었다. 어이없게도 기관 때문에 20년을 갇혀 지내더니 기껏 밖에 나와서 다시 기관에 깔려 죽게 생긴 것이다.

◇ ◇ ◇

"그것참, 정말 기구하네. 결국 그렇게 죽어버리는 건가?"

쟁자수 하나가 안됐다는 듯 혀를 차자 관치는 어이가 없는 표정을 지었다.

"저기, 아저씨."

"왜 그러나?"

"그 장면에서 제가 깔려 죽었으면 여기 있을 리가 없지 않습니까."

"응? 그냥 이야기라며?"

쟁자수는 이야기 속의 관치가 기관에 깔려 죽는 것과 비를 피하며 이야기를 들려주고 있는 관치라는 사람이 상관관계가 있냐는 듯 되물었다.

"아하하, 그… 그렇군요."

관치는 쟁자수의 말에 황당한 표정을 지었지만 그렇다고 그 이상의 설명이나 설득을 위한 조치는 취하지 않았다.

"아무튼 지하에 있던 관치는 안 죽고 잘 살아났습니다."

"에이, 그 정도 상황에 살아난다면 너무 심한 거지. 솔직히 솟아날 구멍이 있나, 꺼질 땅이 있나. 딱 깔려서 죽을 판이구먼."

쟁자수는 인정할 수 없다는 듯 고개를 저었다.

"솟아날 구멍은 없었지만, 도망갈 구멍은 있더란 말입니다. 그렇게 자꾸 엉뚱한 소리 하시려거든 들어가서 잠이나 자세요."

관치는 이야기를 듣는 둥 마는 둥 하며 틈틈이 깐죽거리는 쟁자수 한 명 때문에 부아가 치밀었다.

"내가 잠을 자든 말든……."

"이봐! 계속 그렇게 떠들고 싶어?"

관치의 말에 자꾸 깐죽거리며 이상한 소리를 늘어놓는 쟁자수에게 표사 하나가 언성을 높였다.

"아니, 그런 게 아니라……."

관치에겐 떽떽거리던 쟁자수였지만, 성질 고약해 보이는

표사가 눈을 부릅뜨자 바로 꼬리를 내려 버렸다.

"당신은 앞으로 끼어들지 마. 이야기 듣는 데 자꾸 방해하면 쟁자수 자리도 없을 줄 알아."

"……."

생계형 협박을 아무렇지도 않게 날린 표사는 쟁자수가 조용히 입을 다물자, 그래서 어떻게 됐냐며 다음 이야기를 재촉했다.

"보통은 그런 경우에 그냥 깔려서 죽었다, 이렇게 끝나버리면 그게 더 황당한 일이겠죠. 주인공은 어떤 경우든 기필코 살아나서 주인공 아닙니까. 이제 죽었다 싶은 마음에 바닥에 주저앉았는데……."

◇ ◇ ◇

"그러니까 기관이 붕괴되면 자동으로 지하 토굴이 드러나게 설계가 되어 있었다, 이 말인가요?"

조마조마한 마음으로 관치를 기다리고 있었던 미란이 지하실에서 구사일생으로 빠져나온 이야기를 들으며 어이없는 표정을 지었다. 자신들은 손톱이 부러질 정도로 난리를 치고서야 겨우 천장을 뜯어내고 탈출할 수가 있었다. 얼마나 긴장했는지 손 여기저기에 나뭇조각이 박히고 상처가 났어도 모를 정도였다. 그런데 막상 지하에 내려갔던 관치는 아무렇지도 않게 '비밀 통로가 있더라고.' 라는 말을 해대며 물을 벌컥벌컥 마셔 댄 것이다.

"우리는!"

미란이 억울한 얼굴로 한마디 하려고 하자 관치가 손을 들어올렸다.

"토굴이 드러나기 전까지 난 거기서 죽는 줄 알았다. 그 와중에도 세 사람은 탈출할 수 있어 정말 잘됐다고 생각하고 있었어. 그러니 이제 와서 편하게 왔니 힘들게 왔니 하는 말들은 꺼내지 마. 말 그대로 난 거기서 죽을 생각이었으니까."

잘 좀 살펴보지 그랬냐며 따지려던 미란은 '난 거기서 죽을 생각이었다.' 는 관치의 말에 벙어리가 되어버렸다. 생각해보니 자신들을 위해 목숨을 내놓고 지하에 들어간 사실은 그다지 신경을 쓰지 않았던 것이다.

"미안해요……. 빠져나오는 데 너무 고생을 해서……."

"됐다. 그건 그렇고 지금 당장 움직여야겠다."

"네? 다들 탈진 상태인데."

미란은 어렵지 않겠냐는 듯 관치를 바라봤다.

"그럼 여기서 넋 놓고 있다가 그놈들에게 칼 맞아 죽든가."

"꼭 그렇게 말을 해야겠어요?"

"꼭 그렇게 말을 해야만 아나?"

"……"

"하나 마나 한 소리 그만 해대고 모두 움직여. 놈들이 정신을 못 차리고 있을 때 성을 빠져나가야 해."

제6장. 연목구어(緣木求魚)

연목구어(緣木求魚)

―나무에 올라가 고기를 구하듯 불가능한 일을 하고자 할 때

"어디로 가실 건가요?"

"난주."

"난주요? 난주면 감숙으로 가는 거잖아요. 화산으로 가는 게 아니었나요?"

미란은 화산이 아닌 난주로 간다는 관치의 말에 어리둥절한 표정을 지었다. 현재 상태에서 도움을 받을 수 있는 곳은 화산밖에는 떠오르지 않았기 때문이다. 연준하가 민영을 탐낼 땐 웃기지 말라며 톡 쏘아붙였지만, 사실 연준하의 말을 무시하기는 어려운 상황이었기 때문이다. 물론 화산의 도움을 받는 것과 연준하에게 민영을 시집보내는 것은 여전히 별개라고 생각하고 있었다.

"자세한 이야기는 차후에 하도록 하지. 지금은 사천을 탈출하는 게 먼저다."

자세한 이야기는 나중에 하겠다는 관치의 말에 조금이라도 좋으니 정보를 달라는 말을 하고 싶었지만, 아무리 그래 봤자 나중에 이야기를 하겠다 했으니 그 이상의 답을 얻는 건 어렵다는 걸 알고 있었다. 그래도 한번 물어보는 게 어떨까 하는 생각도 해보았지만 그저 생각만 해보았을 뿐 행동에 옮기지는 못했다. 현재 모든 선택과 결정권은 자신들이 아닌 관치에게 있었다.

물론 관치가 일행의 보호자라는 부분에서 어느 정도 납득을 하고 있었지만, 사실 사마건이 목숨을 잃은 뒤로 관치의 분위기나 어투가 변해버리자 쉽게 적응을 못하고 있었다. 자신이 알고 있던 관치는 모든 일에 소극적이고, 자신만의 시간을 즐기는 데 인생을 건 사람이었다. 다른 사람과 말을 섞는 것도 좋아하지 않았고, 다른 이의 일에 끼어드는 것 역시 달가워하지 않던 사람.

'조금 더 적극적이길 바라긴 했지만… 막상 분위기가 바뀌고 나니 그것도 좋지는 않네.'

미란은 무뚝뚝하긴 해도 차분한 어투로 자신을 꾸짖던 예전의 관치가 은근히 그리워졌다.

'하지만 상황이 이러하니……'

미란은 관치의 지시대로 민영과 연준하를 깨우고 이동 준비를 마무리했다.

"민영, 몸 상태는?"

"참을 만해요."

"경공을 사용할 수 있나?"

"제가 당가의 여자라는 걸 잊으셨나요?"

민영은 경공을 사용할 수 있냐는 관치의 질문에 미간을 찡그리며 자신의 성이 당씨임을 강조했다.

"뒤처지지 마라. 지금부터 북문 쪽으로 전력 질주다! 성도를 벗어나면 중강을 거쳐 십방까지 쉬지 않고 달릴 것이니 체력 분배에 신경을 써야 할 것이다."

세 사람은 거의 백릿길이 넘는 거리를 쉬지 않고 달린다는 말에 질린 표정이 되었다.

"쉬지 않고 달리다니요? 우리가 경공으로 일가를 이뤘다 해도 그건 불가능해요."

"여유가 생긴다면 체력을 보강할 수도 있겠지만… 적들이 어떻게 나오느냐에 따라 결정을 하겠다."

관치는 더 이상 반문은 받지 않겠다는 듯 말을 끝냄과 동시에 거침없이 몸을 날렸고, 나머지 세 사람도 어쩔 수 없다는 듯 관치를 따라 몸을 날려야 했다.

◈　　◈　　◈

"으드득!"

관치 일행을 잡기 위해 사마건의 안전 가옥으로 직접 뛰어들었던 사내의 입에서 이 갈리는 소리가 흘러나왔다.

앞서 추격을 했던 2개 조는 토끼굴 안에서 질식해 전멸하더니, 이번에 투입된 인원들은 암기와 암수에 피해를 입고 최종적으론 건물에 깔려 압사를 하고 말았다. 사내의 입장에서는 최악의 결과만 당한 셈이 되었다.

"사형들의 소식은?"

"아직은 연락이 없습니다."

"쉽진 않겠지. 평정문의 본진이나 다름없는 곳을 공략하는 일이니. 천령 지효원의 상태는?"

"탈진 현상을 보일 뿐, 다른 상처는 없습니다."

"데려와라."

흑의인은 가볍게 고개를 숙이더니 밖으로 달려 나갔고, 얼마 지나지 않아 지효원이 모습을 나타냈다.

"나에게 할 말이 많을 텐데?"

"죽여주십시오!"

지효원은 변명을 늘어놔봤자 통하지 않는 상대임을 알고 있었기에 아예 죽여달라고 요청했다.

"그럴 수는 없지. 네가 당했다는 이야기를 들었을 땐 분명히 방심을 했다고 생각했었다. 그러나 나 역시 그자들에게 망신을 샀으니 너만 탓할 수는 없는 일이지."

"……."

"하지만 놈들의 무력이 변변치 못함은 이미 확인되었다. 단지 그들 중에 하나가 잔머리를 굴리는 데 능한 것 같던데."

"관치라는 자입니다."

"관치?"

"당미란과 당민영, 그리고 화산의 연준하가 사천을 탈출할 수 있게 도운 장본인입니다."

"그렇군. 그자에 대한 정보는?"

"백방으로 알아보고는 있지만… 마치 하늘에서 뚝 떨어진 것처럼 알려진 것이 없습니다."

"알려진 것이 없다라……."

사내는 지효원의 말에 관치의 등장이 꼭 과거 평정문의 누군가가 나타났을 때처럼 대중없다는 생각이 들었다.

"놈을 잡는 데 얼마나 걸리겠느냐?"

"감숙으로 방향을 잡았단 정보가 들어와 있습니다."

지효원은 언제까지 잡는단 말은 하지 않고, 단지 그들이 어디로 이동 중인지 정보만 이야기했다.

"그래. 허황된 확답보다는 오히려 조심을 하는 게 맞겠지. 문(門)의 최고 가문인 용가(龍家)를 두 번이나 물 먹인 놈이니."

용가의 장남이자 문주의 세 번째 제자이며, 다른 가문의 두 사형과 차기 문주의 자리를 두고 격전을 벌이고 있는 사내, 용문진의 입에서 상대를 인정하는 말이 흘러나왔다.

 지효원은 용문진이 누군가를 무시하는 것보다 인정하는 것이 더 무시무시한 결과를 만들어낸다는 것을 이미 경험해 왔기에 긴장된 표정을 지울 수가 없었다.

 과거에는 더 많은 가문들이 모여 문파를 이끌었었지만, 두 번에 걸친 원정이 평정문 때문에 모두 실패로 끝나면서 용가와 봉가, 그리고 호가를 남겨 놓고는 모두 멸문의 길을 걸었다. 현재 용문진이 속해 있는 문(門)은 이 3개의 가문이 힘을 합쳐 이끌어가는 중이었다.

 "직접 나서실 생각이십니까?"

 지효원은 혹시나 하는 마음에 조심스럽게 질문을 던졌다.

 "그럴 수는 없지. 만에 하나 내가 직접 일에 끼어든 것이 발각된다면 두 사형이 가만있지를 않을 것이야. 어디까지나 이번 중원행은 지휘가 목적이지, 직접 몸을 움직이는 것은 금지되어 있으니까."

 "그렇다면……."

 "이번 원정에 가문에서 데리고 나온 인원은 모두 이백삼십. 당문을 없애면서 서른 명의 부하들을 잃었고, 관치라는 놈에게 마흔이 넘는 부하들을 또다시 잃었다. 으드득!"

 당문을 무너트리면서도 삼십의 손실밖에 나지 않았던 것을 생각하면 관치에게 마흔이 넘는 부하를 잃었다는 건 아무리 생각해봐도 열불이 솟구쳤다.

"이번 원정에서 남은 수는 백육십 명이란 소리지."

"……."

"그런데 말이야. 관치라는 놈, 그 일행을 보면 모두 넷밖엔 안 되거든. 겨우 네 마리 토끼를 잡고자 사냥개를 수십 마리씩 풀 수는 없는 일 아니겠느냐."

용문진은 자존심이 상하는 일이 아니냐며 의견을 물었다.

"호랑이도 토끼를 사냥을 할 때는 전력을 다한다고 했습니다. 목적하는 바가 있으시다면 더 많은 인원을 충원한다고 해도 뭐라 할 사람은 없을 것입니다. 오히려 어설픈 숫자로 시간을 낭비하느니, 처음부터 전력을 투입해 관치란 놈을 해치우는 것이 더 좋다고 생각합니다.

"호! 천령의 생각이 그렇다면……."

지효원은 자신의 생각을 들먹이는 용문진의 모습에 심장이 털컥 내려앉는 기분이 들었다. 만에 하나라도 일이 잘못되는 날에는 결과에 대한 책임을 자신이 져야 하기 때문이다.

"좋아. 백 명을 네게 주도록 하지. 네 말대로 호랑이는 토끼 한 마리를 잡는 데도 최선을 다하는 법이니. 바로 떠나라."

"존명!"

지효원은 이번 임무가 위험하다 느끼면서도 성공만 한다

면 차후 문이 중원을 점령한 뒤 다른 천령들보다 좋은 위치에 오를 수 있다는 생각이 들었다.

'기회는 노력하는 자에게 주어지는 법이지.'

◉　◉　◉

백 리는커녕 미처 십릿길도 움직이지 못하고 첫 낙오자가 발생했다. 민영이 상처 때문에 고통을 호소하며 주저앉은 것이다.

"더 이상은 안 돼요. 이러다 겨우 아물고 있던 상처가 다시 벌어지겠어요."

미란은 더 이상의 강행군은 의미가 없다며 관치를 바라보았다. 그러나 관치 입장에서는 조금이라도 더 거리를 벌리는 게 살아남는 방법이었고, 그럴 수만 있다면 수단과 방법을 가릴 처지가 아니었다.

"업혀라."

"네?"

민영은 등을 내밀며 자신에게 업히라고 말하는 관치의 행동에 어떻게 해야 할지 모르겠다며 미란을 바라보았다.

"민영은 아이가 아니에요."

"나에겐 상처 입은 사람일 뿐이다."

"하지만……."

민영은 아무리 그렇다 해도 외간 남자의 등에 업히는 것은 어렵다 생각했는지 미란에게 계속 도움을 청하는 눈길을 보냈다.

"지금 이렇게 고생을 하고 있는 것은 모두 민영 너 때문이다. 그것은 알고 있는 거냐?"

관치는 남자의 등에 업힐 수 없다며 고개를 내젓는 민영에게 왜 모두가 이런 고생을 하고 있는지 상기시켰다.

"그것은……."

"조금이라도 거리를 벌리는 것이 우리 모두가 살아날 방법이다. 겨우 남자 등에 업히는 것이 무서워 모두를 죽일 생각이라면 너는 보호받을 가치가 없는 사람이다. 한낱 세속의 법절 때문에 자신을 위해 희생하고 있는 다른 이들을 궁지에 몰아넣는 염치없는 사람이라면 말이다."

"업히겠어요."

관치의 매서운 질책에 잠시 표정이 굳었던 민영이 그렇게 하겠다 했다.

관치는 민영의 허락이 떨어지자 한시도 낭비할 수 없다는 듯 바로 등을 내밀었다.

"하지만 조건이 있어요."

"이 상황에서 조건을 이야기한단 말이냐?"

"지금이라도 말을 해두어야 오해가 없을 것 같아서요."

"말해봐."

관치는 미간을 찡그리며 민영을 바라보았다.

"저는 다른 사람들에게 한 번도 저를 위해 희생해달라고 한 적이 없어요. 그리고 보호를 바란 적도 없고요."

미란은 민영의 갑작스런 말에 그게 무슨 소리냐는 표정을 지었다.

"하지만 원하든 원치 않든 사람이 살아가는 동안 해야 하는 일들이 생긴다고 들었어요."

"무슨 말을 하고 싶은 것이냐?"

"누군가의 부탁 때문에 저를 보호하고자 하는 것이라면 이쯤에서 그만두세요."

"민영아!"

미란은 말도 안 되는 소리를 한다며 언성을 높였다.

"저는 아이가 아닙니다. 스스로 판단할 수 있고, 또 책임질 수 있는 성인이라는 뜻이죠. 어떻게 하시겠어요? 다른 사람의 부탁 때문에 저를 보호할 건가요? 아니면 저 민영을 위해 저를 보호해주실 건가요?"

관치는 당돌할 정도로 말을 던지는 민영의 모습에 잠시 할 말을 잃었다.

"그 대답을 들어야만 저도 등에 업힐 수 있습니다. 그게 아니라면 그만두세요. 저는 누군가 저 때문에 고생을 하거나 희생한다는 소릴 듣고 싶지 않군요."

"나는······."

민영의 말에 관치가 바로 대답을 못하고 망설이자 미란이 전음을 날렸다.

　-그냥 말해줘요. 어려운 일도 아니잖아요! 민영에게도 등에 업히는 게 뭐가 대수냐며 호통까지 쳤잖아요.

　"나는……."

　-미쳤어요? 한시도 아깝다면서 뭐 하는 짓이에요!

　미란은 민영의 질문에 바로 대답을 못하는 관치를 향해 답답하다는 듯 계속 전음을 날려 보냈다.

　"나는 너를 보호하겠다."

　"다른 사람의 부탁이 아니라 저를 위해서 그렇게 해주실 건가요?"

　"나는 너를 위해 보호를 할 것이다. 이제 되었느냐?"

　민영은 관치의 대답에 묘한 미소를 보이더니 다시 입을 열었다.

　"남정네를 모르는 여인이 사내의 몸에 업힌다는 것은, 아니 저를 위해서 그런 일도 서슴지 않겠다는 것은 저를 책임지시겠다는 말로 알겠어요."

　"민영아!"

　미란은 민영이 그런 말을 할 줄은 몰랐다는 듯 당혹감을 감추지 못했다.

　어이가 없기는 관치도 마찬가지였다. 미란도 어린애 취급하며 모른 척하던 자신에게 미란보다 더 어린 민영이 그런 소리를 할 줄은 생각도 못했던 것이다.

"너를 위해 업기는 하겠지만 책임질 수는 없다."

관치는 일이 복잡해지기 전에 정리를 하고자 바로 고개를 저었다.

"남녀 간의 일이란 한 치 앞을 내다볼 수가 없어서 인연을 맺고 있으면서도 모르는 경우가 많다고 들었어요."

"너 그런 소리를 어디서?"

미란은 더욱 어이없는 표정이 되어버렸다.

"제가 노력할게요."

민영은 단호한 음성으로 자신을 거부하는 관치의 말에는 아랑곳하지 않고 자신의 말만 줄줄이 내뱉더니 그의 목에 손을 감았다.

"정말 미쳤군. 멀쩡한 사내를 놔두고 저런 중년을······."

연준하는 미란은 물론이고 민영까지 관치에게 관심을 보이자 은근히 열이 받는지 입술을 내밀었다.

"연 공자, 그대는 누군가에게 믿음을 준 적이 있나요?"

민영은 툴툴거리는 연준하에게 불쑥 질문을 던졌다.

"당연하지 않소."

"그럼 그대가 말을 할 때마다 그것이 지켜질 것이라 어느 누구도 의심하지 않는단 말인가요?"

"그게 무슨······. 세상에 하는 말마다 모조리 지켜야 한다면 어떻게 세상을 산단 말이오?"

"바로 그 점이에요. 지켜야 한다는 게 아니라 지키고자 노력하는 마음. 그대에겐 없고 이분에겐 있는 것. 그것은 나이나 생김새에서 나오는 것이 아니라 한마디 한마디 자신이 뱉은 말의 무게를 아는, 진심으로 약속할 줄 아는 사람에게서 찾을 수 있는 거랍니다."

"민영 소저의 말은 내가 실없는 사람이라는 뜻이오?"

"그렇게 말한 적은 없어요. 단지 누군가를 믿을 수 있게 만드는 용기, 그리고 그 용기를 통해 한발 나아가게 만드는 그런 힘이 부족하다고 한 것뿐이에요."

평소 말이 없던 민영이었기에 한 줌 막힘없이 말을 이어가는 그녀의 모습은 관치는 물론이고, 함께 지내왔던 미란까지 할 말을 잃게 만들었다.

"미란 고모도 그것을 느꼈기에 이분에게 다가간 것이 아닌가요?"

"그게……."

미란은 민영의 말에 선뜻 대답하지 못하고 더듬거렸다.

"관치 님이라고 부를게요."

"그거야……."

관치는 자신에게 '님' 자를 붙이겠다는 민영의 말에 딱히 거부도, 인정도 못하고 말을 얼버무렸다.

"관치 님."

"으… 응? 네?"

관치는 그냥 '응.'이라고 대답하려다가 자신도 모르게 함께 존칭을 썼다. 그 모습을 지켜보던 미란은 순간 울컥하는 심정이 되었지만, 그렇다고 이 상황에 화를 냈다간 자신만 우습게 된다는 것을 잘 알고 있었다.

'민영이 저게 오늘 보니 정말 여우였구나!'

미란은 자신을 보며 슬쩍 고개를 숙여 보이는 민영의 모습에 뜨거운 것이 훅훅 솟구치는 느낌을 받았다.

"관치 님은 사람을 업어본 적이 없죠?"

"그거야… 없지."

"사람을 업고 움직이려면 관치 님의 두 손이 저를 붙잡아야 해요."

"그거야 당연히 그렇게……."

관치는 당연한 것을 이야기한다며 투덜거리려다가, 당연한 것이 아님을 깨닫고 말았다.

'뭐야! 지금 상태에서 민영을 업으려면… 어, 엉덩이를…….'

"왜 저를 책임져야 하는지 이제 이해하셨으리라 생각해요."

민영은 그 말을 끝으로 관치의 목을 스르륵 감싸면서 넓은 등에 엎드려 버렸다.

미란은 관치가 이러지도 못하고 저러지도 못하는 모습으로 어정쩡하게 멈춰 있자 꽥 소리를 질렀다.

"안 갈 거예요!"

"가, 가야지."

지금껏 살아오면서 다 큰 여인의 몸에 손을 가져다 댄 적이 한 번도 없던 관치였다. 자꾸만 코끝을 간질이는 민영의 체향과 몰캉거리는 살결 때문에 뭘 어떻게 해야 할지 정신을 차리기 어려웠다.

"중년에게 매달리는 사람이나, 아무렇지도 않게 '그냥 사람이오!' 큰소리치더니 더듬거리는 중년이나, 그 황당한 모습을 보면서 질투나 하고 있는 사람까지. 정말 잘들 놀고 있다."

연준후는 연방 입술을 삐죽거리며 시비조로 말을 늘어놓더니 앞장서 몸을 날려 버렸다.

"시간이 금이라며! 안 갈 거요?"

◈ ◈ ◈

"오호! 중원제일미를 업었단 말인가?"

"향기는… 향기는 어떻던가?"

"살결이 백옥 같다고 하던데, 정말 그러한가?"

관치가 민영을 업고 뛰었다는 이야기에 표사들의 반응이 폭발적으로 늘어났다.

"아니, 그냥 도망을 치다 보니 그렇게 되었다는 거지. 뭘

연목구어(緣木求魚) • 171

그렇게 집요하게 물어들 보십니까."

"그걸 말이라고 하나? 먼발치에서 언뜻 보기만 해도 소원이 없겠네. 관치 이 자식, 정말 부러운 놈인걸."

"저기… 제가 관치입니다만……."

관치는 자신을 놈이라 부르며 분통과 부러움을 동시에 보이는 표사들에게 손가락을 들어 자신을 가리켰다.

"자네 말고 민영을 업은 관치 말일세. 어이구! 생각만 해도 오금이 저리네. 이러다가 관치 이놈, 가는 곳마다 여난에 휩싸이는 것 아니야?"

"어차피 이야기 속의 주인공들에게는 바늘 가는 데 실 따르듯 하는 게 여인들 아닌가."

"젠장! 그런데 나이 차이가 너무 많이 나. 이왕이면 잘생기고 젊은 데다, 신망도 높은 연준하 검객이 더 어울리지 않나?"

"어허! 이 이야기는 관치가 주인공이지 연준하가 아니잖아. 연준하는 지금 변태에 파문 제자가 되었다고."

관치는 자신에게는 이야기할 틈도 주지 않고, 이게 좋다 저게 좋다를 외치며 토론에 빠진 표사들을 보고 한숨을 쉬었다.

아니나 다를까 소민의 이야기가 나올 때도 그러더니, 여인이 나오는 부분만 이야길 하면 설왕설래 말들이 많았기 때문이다.

"저 여러분, 한 가지 궁금한 게 있습니다."

"응? 뭔가?"

"다들 여인이 등장하는 부분에서는 그렇게들 좋아하시는데, 왜 미란이 등장하는 부분에서는 별말을 안 하시는 겁니까?"

"쯧쯧쯧! 이러니 문제야. 이야기는 잘하는지 모르겠지만, 당미란이 어떤 여자인지 모르니 그런 말이 나오지."

"그게 무슨 말입니까?"

"정말 몰라서 물어? 당미란이란 이름만 들어도 두통이 생겨나고, 당미란이 떴다 하면 사건 사고가 끊이질 않잖아. 무림인이라면 모르는 사람이 없는데 어느 누가 그런 왈가닥과 맺어지길 바라겠어? 이야기를 들어보니 관치도 대충 눈치를 채고 당미란을 피하는 것 같던데. 안 그래?"

"그, 그런가요?"

"혹시 다른 여인들도 등장을 하는가?"

표사들의 대화를 꼼꼼히 챙겨듣던 쟁자수 하나가 질문을 던졌다.

"아마도 그럴 것 같습니다만……."

"오호! 기대가 되는데? 누구야? 누가 나오는데?"

사람들은 새로운 여인이 등장할 수도 있다는 말에 환호까지 지르며 연방 누구냐고 질문을 던졌다.

"험험! 궁금한 게 있는데."

한동안 말이 없어졌던 진하석이 마른기침까지 해대며 은근슬쩍 입을 열었다.

"진 표두도 누가 나올지 궁금한 겁니까?"

"아니, 나는 그게 궁금한 게 아니라… 험! 혹시 무림제일화를 직접 본 적이 있는지 해서."

직접 무림제일화를 본 적이 있냐는 진하석의 질문에, 여자 이야기로 소란을 떨던 쟁자수와 표사들의 움직임이 딱 멈춰섰다. 순식간에 모두의 시선을 한 몸에 받게 된 관치는 부담스러운 눈빛으로 천천히 고개를 끄덕였다.

"우오! 진짜 봤단 말인가? 어떻던가? 정말 소문처럼 그렇게 미인이던가?"

"확실히 아름다운 여인입니다. 하지만 그 아름다움보다 더 높이 사고 싶은 게 있다면 그녀의 지혜입니다."

"크! 아름다운데 슬기롭기까지 하다니! 정말 최고의 여인이로다!"

표사 한 명이 감탄사를 터트리며 관치를 바라보자, 다른 표사 하나가 불만 섞인 목소리를 냈다.

"어떻게 그런 여인이 관치 같은 놈에게 몸을 의탁한다는 거야? 이야기 속 주인공이 이름이 관치라고 해서, 관치 자네가 너무 관치 중심으로 몰아가는 것 아니야?"

"맞아! 명색이 무림제일화인데, 뭐가 아쉬워서."

이상한 부분에서 궁지에 몰린 관치는 계속 대답을 했다간 벼랑 끝에 몰릴 것 같은 기분이 들어 짧게 헛기침을 늘어놓고 어물쩍 바로 다음 이야기로 넘어가 버렸다.

제7장. 삼순구식(三旬九食)

삼순구식(三旬九食)

-한 달에 겨우 아홉 끼를 먹을 정도로 매우 빈궁한 생활

 사람을 업은 채 양팔을 앞으로 두고 움직인다는 것은 생각보다 곤욕이었고, 움직임마저 방해를 받았다.
 결국 관치의 손은 민영의 엉덩이와 허벅지 사이에 위치를 잡았고, 그제야 일행의 속도가 정상적으로 바뀌었다.
 '혼자 갈 때나 둘이 갈 때나 속도에 변함이 없어. 딱히 경공을 사용한 것 같지도 않은데……'
 미란은 난주로 향하는 동안 하나라도 놓칠까 관치의 행동이나 움직임을 꼼꼼히 살펴보고 있었다. 그러나 아무리 봐도 이해 불가의 상태. 여전히 내공을 사용하는 흔적은 보이지 않았고, 그렇다고 특별한 초식이나 경공을 위한 보법이나 신법도 보이지 않았다. 오로지 그냥 뛰고 있는 것이다.

'어떻게 인간이 저럴 수 있지?'

미란은 가끔씩 숨을 고르며 속도를 조정하는 게 전부인 관치의 달리기에 질린 표정이 되어버렸다.

관치의 움직임에 욕이 나오는 것은 연준하 역시 마찬가지였다. 벌써 5시진째. 일과로 따지자면 해가 떠서 질 때까지 쉬지 않고 달리면서도 절대 멈춰 서는 법이 없었다. 같이 뛰고 있는 상태라면 화라도 내겠지만, 관치는 등에 사람까지 업고 있는 상태로 그 짓을 하고 있으니 연준하 입장에서는 뭐라 딴죽을 걸기도 어려운 상황이었다.

그러나 이대로 계속 가다간 어느 순간 발이 꼬이게 될 것이고, 결국 바닥을 뒹굴며 의식을 잃을 게 분명했다. 나름 무림의 이름을 떨치고 있다 생각하는 연준하 입장에선 관치 앞에서 그런 꼴을 보일 수는 없었다. 아니, 죽어도 보일 수가 없었다.

-미란 소저, 뭐라고 말 좀 해보시오.

연준하는 미란에게 전음을 날리며 관치를 좀 말려 보라고 했다.

-네가 말하지 그래? 난 아직 참을 만한데.

미란 역시 자존심 하나로 버티고 있었기에 절대 먼저 이야기를 꺼낼 생각이 없었다.

-이것 참, 미란 소저가 힘들어하는 것 같아서 말해본 것뿐이오.

-그래? 내가 보기엔 네 모습이 영.

-영? 그게 무슨 소리요?

 연준하는 은근히 자신을 무시하는 미란의 전음에 언성을 높였다.

-사내가 여자와 말을 섞으면서 툭하면 성질이나 내고. 그런 식으로 행동하니 마누라 될 사람을 엉뚱한 사람 등에 넘겨주지.

-지금 뭐라고 한 것이오! 민영 소저와 연을 맺겠다고 한 나를 냉정하게 내칠 때는 언제고!

-그만 하지.

 미란은 전음을 날리는 것조차 이 상황에서는 낭비라는 생각이 들자 대화를 끊어버렸다. 그러나 황당하게도 마누리를 빼앗긴 사람이 되어버린 연준하 입장에서는 이대로 대화를 끝낼 생각이 없었다.

-누구 마음대로 그만 한다는 것이오? 말이 나왔으니 하는 말인데, 솔직히 미란 소저야말로 팽(烹) 당한 것이 아니냔 말이오! 그것도 조카에게!

 연준하는 거칠 것 없다는 듯 아예 대놓고 미란의 상처를 헤집어놓았다.

-팽을 당하긴 누가 팽을 당해! 너야말로 사문에서 쫓겨나 오갈 곳 없잖아! 투사구팽은 내가 아니라 너에게 어울리는 말이겠지.

삼순구식(三旬九食) • 181

-어어! 지금 너라고 했소?

-어차피 민영과 혼인을 하면 조카사위가 되는 건데 못할 건 또 뭐야?

-아직은 아니지 않소!

연준하는 조카사위가 된 다음에 말을 놓으라며 다시 되받아쳤다.

-도와주겠다고 해도 거부를 하니. 좋아. 너 혼자 잘해봐. 어찌 되나 보자.

미란은 시큰둥한 얼굴로 연준하를 한 차례 훑어보더니 피식 웃어버렸다. 아무렴 혼자서 잘도 하겠다는 표정을 보인 것이다.

연준하는 자신을 비꼬듯 바라보는 미란의 시선을 한 몸에 받자 부아가 치밀어 올랐다.

그러나 막상 현실을 생각하면 미란의 도움 없이는 민영을 얻는다는 게 불가능한 상태였다. 거기다 민영 본인도 자신보다 중년의 관치를 택하고 있지 않은가.

-잠시 쉬었다 가겠소? 필요하면 말해보리다.

-생각이 바뀌셨나?

-음… 노력해보리다.

-좋아. 너는 오늘부터 내 조카사위다!

미란은 연준하가 기권을 선언하며 머리를 숙이고 들어오자, '그럼 그렇지.' 하는 미소를 짓더니 어서 말을 하라며 눈짓을 했다.

"저기."

연준하는 들릴 듯 말 듯 모기 날아가는 소리로 관치를 불렀다.

-이봐, 그래서 들리겠어? 하여간 뭐 하나 제대로 하는 게 없어.

"이봐요!"

미란은 들릴 듯 말 듯 앵앵거리는 소리로 관치를 부르는 연준하의 모습에 고개를 젓더니 자신이 목청을 높였다.

"무슨 일이지?"

"연 공자가 할 말이 있다는군요."

부르긴 미란이 불러놓고, 이야기는 연준하가 한다는 말에 관치의 고개가 좌우로 움직였다.

"무슨 말이지?"

"벌써 다섯 시진째다. 좀 쉬어가면 안 되겠냐? 이러다 정말 사람 잡겠다."

"벌써 시간이 그렇게 흘렀나?"

관치는 전혀 모르고 있었다는 듯 고개를 끄덕였다.

"두 시진에 한 번씩 쉬려고 했는데, 조금 더 일찍 말해주지 그랬나."

관치는 멍청하게 왜 그냥 참고 있었냐며 연준하를 바라보았다.

'이런, 젠장! 네놈이 난주까지 그냥 뛴다고 했잖아!'

 연준하는 당장이라도 소리를 지르며 삿대질이라도 하고 싶었지만, 그래봤자 자신만 손해라는 것은 이미 오래전에 깨달은 상태였다. 관치와 이야기를 하거나 상대를 할 때는 최대한 흘러가는 대로, 본래 그런 것처럼 움직이는 게 가장 손해를 보지 않는 방법이었다.

 "민영, 내려와라. 잠시 쉬었다 갈 것이다."
 "아함! 벌써 시간이 그렇게 되었나요?

 민영은 길을 달리는 동안 잠이 들었었는지 하품을 하며 관치의 등에서 내려왔다.

 '저… 저! 고모는 다리가 부어서 피가 안 통할 지경인데 저는 관치 등에 붙어 잠을 자?'

 미란은 기지개까지 펴며 몸을 움직이는 민영의 모습에 주먹을 부르르 떨었다.

 솔직히 하나밖에 없는 핏줄이라 무슨 일이든 다 해주고 싶은 게 미란의 마음이었지만, 좋아하는 남자를 둘로 쪼개고 싶은 마음은 죽어도 없었다.

 민영은 관치가 자리를 잡고 앉자 그의 뒤로 돌아가더니 손으로 어깨를 주무르기 시작했다.

 "피곤하셨죠?"
 "돼, 됐다."
 "사람은 오가는 게 있어야 신뢰가 쌓이는 법이라 배웠어요. 저는 오는 내내 쉬었잖아요. 오면서 보니까 어깨가 많이 뭉친 것 같던데 제가 풀어드릴게요."

"그런 것 정도는 혼자서 얼마든지 풀 수 있다."

"서로가 나누는 거라니까요."

민영은 관치의 거부에도 아랑곳하지 않고 배시시 웃음을 지으며 그의 어깨를 만지작거렸다.

"민영아."

"네, 고모."

"몸도 성치 않은 애가 뭐 하는 짓이냐. 상처가 나을 때까지라도 움직이지 말거라."

"하지만……."

"소장님의 어깨가 그렇게 뭉쳐 있다면 직원인 고모가 힘을 써야지."

"하지만 저도 제일흥신소 직원……."

"부상을 입은 직원이겠지."

미란은 더 이상 말하고 싶지 않다며 민영을 끌어내더니 물주머니를 안겨 줬다.

"목이라도 축이고 있어."

"네……."

"미란, 민영에게 말했던 것처럼 괜찮다. 오는 동안 힘들었을 텐데 그냥 쉬어."

관치는 민영에게 했던 것처럼 미란에게도 똑같이 말했다.

삼순구식(三旬九食) • 185

그러나 정작 받아들이는 미란 입장에서는 왠지 자신에게 더 쌀쌀맞은 것 같았고, 더욱 크게 거부하는 느낌이 들었다.
"아니요. 민영도 한 것을 내가 못한다는 건 말이 안 되죠."
"그게 무슨?"
"가만 있어봐요!"
미란은 거의 윽박지르듯 소리를 지르더니 관치의 어깨를 주무르기 시작했다.

한쪽 구석에서 존재감을 상실한 채 주저앉아 있던 연준하는 시간이 지날수록 치열해지는 조카와 고모의 관치 쟁탈전에 연방 한숨만 내쉴 뿐이었다. 처음 한두 번은 서로 눈치를 보는가 싶더니, 언제부턴가 먼저 잡은 놈이 임자라는 듯 누가 선점을 하느냐가 중요한 관건이 되어가고 있었다.

미란에게 밀려난 민영은 별수 없다는 듯 한숨을 쉬더니, 품에서 작은 책자 하나를 꺼내들었다.
"응? 그것이 무엇입니까?"
민영의 모습을 훔쳐보고 있던 연준하가 처음 보는 물건에 말은 건넸다.
"아, 그냥 사적인 거예요."
평소 차분한 성격의 그녀답지 않게 민영은 살짝 당황한 기색을 보였다.
"무슨 책인데… 제가 알면 안 되는 겁니까?"
그만 하라는 관치의 말에도 꿋꿋하게 어깨를 주무르고 있던 미란은 연준하의 입에서 '책'에 대한 이야기가 흘러나오자 민영 쪽으로 고개를 돌렸다.

"아니, 그건!"

미란은 민영이 들고 있는 책을 발견하자 당장 그녀 쪽으로 달려왔다.

"왜 그걸 네가 가지고 있는 거지?"

"어차피 고모 물건도 아니잖아요."

"내가 가지고 있었으니 내 물건이야."

"그럼 지금은 내가 가지고 있으니 제 물건이겠군요."

연준하는 그렇게 사이가 좋던 두 사람이 남자 하나 때문에 사단이 났다며 혀를 차더니 고개를 돌려 버렸다. 여인네들의 싸움은 왠지 지켜보기가 민망했다.

"무슨 일인데?"

관치는 미란과 민영 사이에 묘한 신경전이 펼쳐지자, 무슨 책 때문에 그러냐는 듯 두 사람 쪽으로 다가왔다.

"아무것도 아니에요!"

"아무것도 아니에요!"

미란과 민영은 잘못이라도 저지른 아이들처럼 화들짝 놀란 표정을 짓더니, 관치에게 오지 말라는 듯 손을 내저었다.

"아니, 무슨 책이기에……."

"오지 마세요!"

"오지 말라니까!"

관치는 언성까지 높이며 자신을 거부하는 두 사람의 모습에 더더욱 책의 정체가 궁금해졌다.

"혹시 당문이 멸망한 이유가 그 책 때문인가?"

나름 유추할 만한 내용이었기에 혹시나 하는 마음으로 질문을 던졌다.

"네, 그래요."

"그건 아니지만."

미란과 민영은 서로의 말이 어긋나자 다시 급히 말을 이었다.

"그건 아닌 것 같고."

"네, 그런 것도 같아요."

서로 말을 맞추기 위해 급히 말을 돌렸던 두 사람은 또다시 대답이 어긋나자 당황스러움이 배가되었다.

"내가 알아선 안 되는 그런 종류인가?"

"네!"

"그래요!"

관치는 혹시나 하는 마음에 물어본 말에 두 사람이 강력하게 대답하자 더욱 모르겠다는 표정이 되었다.

"그냥 여자만 알 수 있는 사적인 기록이에요."

여자들만 알 수 있는 사적인 기록이라는 말에 관치는 어깨를 으쓱거리며 다시 자신의 자리로 돌아가 버렸다.

◇　◇　◇

"무슨 책이기에 두 여자가 그렇게 호들갑을 떤 거지?"

"여자들만 알 수 있는 사적인 기록이라……. 그런 게 뭐가 있지? 어이, 장 표사, 자네가 말 좀 해봐. 마누라도 있고 딸도 있고 처제도 있는 데다, 장모까지 함께 살잖아. 여자들만 알 수 있는 사적인 기록이 도대체 뭐야?"

"그게……."

장 표사는 동료들의 물음에 그게 무엇인지 기억해내고자 애쓰는 모습을 보였지만, 결국 고개를 흔들어버렸다.

"아, 몰라! 젠장할! 우리 마누라 속도 모르겠는데, 내가 다른 여자의 사적인 기록이 뭔지 어떻게 알겠어."

"관치, 자네도 모르는 건가?"

"여자들만 알 수 있는 사적인 기록이라지 않습니까. 저도 당연히 모르죠."

표사들은 관치의 시큰둥한 대답에 잠시 고민하는가 싶더니 다시 질문을 던졌다.

"혹시 당문을 멸망으로 이끌었던 전대 고수의 비급이라든가 그러진 않았을까."

"그것도 가능성이 있다고 생각합니다. 그렇지만 두 사람이 하는 행동을 보면 뭐라고 할까… 자신만 알고 싶은 그런 비밀에 대한 기록이지 않을까 생각했을 뿐입니다."

"그나저나 이야기가 점점 관치 그놈의 연애사 쪽으로 집중되는 것 같아서 기분이 별로야."

쟁자수 하나가 통쾌한 무림 활극을 기대했는지 이야기가 싱거워졌다고 말을 던졌다.

"네? 연애사라니요? 관치에겐 소민이 있지 않습니까. 지금 이 장면은 정체불명의 적들에게 쫓기면서 죽을 고비를 수없이 넘기는 그런 부분입니다."

"소민 소저는 이야기 시작하면서 죽었잖아. 관치 그놈도 어차피 물건 달린 사내놈인데 그렇게 여자들이 들이대면 별 수 있겠어?"

"뭐, 사람 앞날은 모르는 것이니······."

관치는 설왕설래 의견을 주고받는 쟁자수들의 대화에 입맛을 다시더니 다시 말을 이었다.

"이야기가 지겨우신 분들은 조금만 참아주십시오. 이제 무림 활극 편으로 넘어갈 테니까요."

"아니, 왜? 난 그냥 이런 이야기가 더 좋구먼."

또 다른 쟁자수 하나가 치고받는 이야기는 아무리 열심히 해봤자 결국 거기서 거기라며, 미란과 민영에 얽힌 관치의 이야기를 더 들려달라고 했다.

"아하하! 이야기란 게 정해진 대로 흘러가는 거라, 이러쿵저러쿵 아무리 말하셔 봤자 바뀌는 건 없습니다. 일단 계속 들어보시죠."

"쩝! 뭐, 그러시든가. 어차피 이야기는 떠드는 사람 마음 아니던가?"

　　　　　◇　　◇　　◇

"왜 그 책이 너에게 있는 거지?"
"그냥 땅에 떨어져 있던 걸 주웠을 뿐이에요."
민영은 절대 내줄 수 없다는 듯 책을 품 안에 갈무리했다.
"돌려줘."
"어차피 고모 물건도 아니잖아요. 관치 님이 사랑했다는 그분이 남기신 거죠?"
"……."
미란은 민영의 질문에 입을 다물어버렸다.
"사마 할아버지의 집에 있을 때 고모가 그랬죠. 그분도 싫고, 관치 님도 싫다고. 처음에는 무슨 말인지 이해를 못했는데, 이 책을 읽고 나니 고모의 행동이 이해가 되더군요."
"네가 뭘 안다고."
미란은 괜한 소리 하지 말라는 듯 고개를 돌려 버렸다.
"고모, 제 나이도 스물이에요. 고모가 저보다 네 살이 많다곤 하지만, 무림의 일을 제외한 다른 부분은 제가 더 많이 알걸요."
"휴! 이젠 너까지 날 무시하는 거냐?"

"무시라뇨. 조카나 고모의 관계를 떠나서 당당히 한 명의 여자 입장에서 말하고 있을 뿐이에요."

"어디까지 읽은 거야?"

"아직 몇 장 못 봤어요. 하지만 그분이 관치 님을 얼마나 그리워하고 기다렸는지는 이미 충분히 느끼고 있어요. 고모가 질투를 할 만하더군요."

"……"

"사실 저도 질투가 나요. 관치 님이나 그분이나 어려서 잠시 본 게 전부잖아요. 그런데 어떻게 이십 년이 넘도록 서로를 그리워하고, 약속을 지키고자 모든 걸 버릴 수 있는 건지……"

"그래. 그래서 화가 났어. 지금도 그분과의 약속을 지키기 위해 자신을 희생하는 관치 저 사람이나, 관치 저 사람이 자신 때문에 어려움에 처할까 봐 안타까워하고 슬퍼하는 그분의 애절한 마음이……. 내가 끼어들 틈이라곤 보이질 않았으니까."

"고모."

"응?"

"틈은 만들면 되잖아요. 오늘 저처럼."

"뭐야?"

미란은 생글생글 웃음을 보이며 관치를 바라보는 민영의 모습에 화난 표정을 지었다.

"사실 처음 봤을 때는 그저 듬직하다는 정도였는데, 저분에 대해서 하나씩 알아갈수록 자꾸만 마음이 흔들려요."

"헛소리하지 마. 너는 손만 내밀면 무림의 모든 사내가 뛰어올 사람이잖아. 무림제일화의 자존심을 지키라고."

"후훗! 어쩌죠? 저 그런 자존심엔 관심이 없는데."

"이게 끝까지!"

미란은 한마디도 지지 않고 말대꾸하는 민영의 모습에 잔뜩 뿔난 얼굴이 되었다.

"한 가지 더 알려 드릴까요?"

"뭔데?"

"그분이 관치 님을 만나서 하고 싶다고 적어놓은 것 중에 한 가지는 오늘 제가 완수했어요."

"너 설마?"

"그분이 이루고 싶었던 것들, 그리고 함께 나누고 싶었던 것들… 제가 이어가겠어요."

"안 돼!"

미란은 절대 반대라며 언성을 높였다.

"어차피 지금 제 입장에서는 얼굴이나 보고 달려드는 승냥이 떼 말고는 받아줄 사람도 없는 상태라는 것을 고모도 잘 아시잖아요. 잠시의 안정을 위해 그들에게 저를 맡기느니, 고생은 하겠지만 마음으로 사람을 지키고 행동으로 그것을 증명하는 관치 님 같은 분 곁에 있고 싶은 게 제 마음이에요."

"그건 결정적 상황에 어쩔 수 없는 선택일 뿐이야. 관치 저 사람은 자신이 약속한 것을 지키기 위해 그저 의무를 이행하고 있는 거라고. 그것을 감정적으로 받아들이고, 또 그 감정이 진짜라고 믿어선 안 되는 거야."

"그렇게 말하는 고모는 왜 관치 님에게 다가가려는 거죠?"

민영은 극구 반대만 외치는 미란에게 오히려 질문을 던졌다.

"내가 언제?"

"매번 그러고 있잖아요."

"그것도 네 착각이야. 난 단지 너보다 인연을 먼저 맺었고, 또 그것을 이어가고 있을 뿐이고……."

"칫! 그러니까 고모 말은 저보다 고모가 먼저 관치 님을 만났으니 제가 물러서야 한다는 그런 논리인가요?"

"말도 안 되는 소리!"

미란은 민영의 질문에 연방 고개를 저으면서도 '이건 아닌데.'라는 표정이 그대로 드러났다. 그러나 계속해서 은근한 눈빛으로 '그건 아니시죠?'라고 물어오는 민영의 태도 때문에 울며 겨자 먹기로 그렇다는 대답을 할 수밖에 없었다.

"헤헤헤! 역시 그렇죠? 고모 입으로 말도 안 되는 소리라고 했으니 앞으론 정정당당히 승부하는 겁니다."

"민영이 너 정말!"

미란은 요리조리 핵심을 피해 다니며 자신이 하고 싶은 말만 쏙쏙 해대는 민영의 모습에 결국 언성을 높이고 말았다.

"조용!"

미란의 외침에 관치가 급히 몸을 일으키더니 대화를 중지시켰다.

"우린 쫓기는 중이라는 걸 잊은 거요?"

"미, 미안해요."

"무슨 일 때문에 그러는지는 모르겠지만 조심 좀 합시다."

'무슨 일은! 당신 때문이잖아! 이 멍청아!'

미란은 그렇게 눈치가 없냐며 한 소리 하고 싶었지만, 관치 앞에서는 고개 숙인 모습을 보여야 했다.

"알았어요. 조심할게요."

–또 점수를 잃었네요.

미란은 귓가에 흘러드는 민영의 전음에 당장이라도 잡아먹을 듯 그녀를 노려봤다.

◘　　◘　　◘

"흔적을 찾았습니다. 그런데 네 명이 아니라 세 명이 지나간 흔적입니다."

"세 명?"

지효원은 부하의 보고에 의아한 표정을 지었다.

"네 분명히 셋입니다. 발자국이 그렇게 남아 있습니다."

"다시 살펴라. 분명히 다른 흔적이 더 있을 것이다."
"알겠습니다."

지효원은 흔적을 찾았다는 말에 곧바로 이동하려 했지만, 3명의 흔적이라는 말에 잠시 머뭇거릴 수밖에 없었다.

감숙으로 들어가는 길은 하나가 아닌 여러 갈림길이었기에, 자칫 길을 잘못 선택했다간 관치 일행을 잡는 게 더욱 어려워질 수도 있었다.

"그나저나 대단하군. 그 짧은 시간에 도대체 얼마나 이동을 해버린 건지."

지효원은 관치의 움직임이나 생각을 함부로 예측할 수 없음을 알게 되자 더욱 답답한 표정이 되었다.

"지 천령님, 발자국을 하나 더 발견했습니다!"

잠시 생각에 잠겨 있던 지효원은 다른 발자국을 더 찾아냈다는 말에 그쪽으로 몸을 날렸다.

"그랬군. 일행에 부상자가 있는 것 같다. 한 사람이 업고 이동을 한 것 같으니 멀리 가지는 못했을 것이다."

어지럽게 찍혀 있던 발자국을 살펴보던 지효원은 서로 다른 족적으로 찍혀 있는 것을 보고, 누군가 쩔뚝거릴 정도로 부상을 입었다고 판단했다. 미란과 민영 둘 중에 한 명이겠지만, 부상자를 업은 사람은 연준하가 아닌 관치가 분명했다. 일행 중 가장 덩치가 크고 족적이 큰 사람은 관치였기 때문이다.

"이상하군. 사람을 업었는데 족적의 깊이에 변화가 없다니……."

지효원은 관치의 족적을 확인하다 말고 고개를 갸웃거렸다. 상식적으로 무게가 더해졌으니 전에 찍힌 발자국보다 더 깊은 흔적을 남겨야 정상임에도 큰 차이가 없었던 것이다. 바로 그 점 때문에 넷이 아닌 셋이라고 착각한 것이다.

"도대체 이자는……."

지효원은 관치가 어떤 자인지 알아보려고 해도 도무지 정보를 찾을 수도 없는 데다, 그나마 사천에 남아 있던 흔적도 객점에서 장작이나 패던 일꾼이었단 소식에 어떻게 판단을 해야 할지 혼란스러운 상태였다.

거기다 사람 하나를 더 업고도 족적에 변화를 남기지 않았다면 최소한 절정 이상의 무공을 익힌 자라고 생각해야만 했다. 물론 절정급의 무공을 지녔다 해도 사람을 업고 그냥 걸으면 더 깊은 흔적을 남길 수밖에 없다. 그러나 관치 이자는 추적을 염두에 둔 것인지 흔적을 지운 것은 물론이고, 넷이 셋으로 변한 것을 들키지 않도록 세심한 것까지 신경을 쓴 것이다.

'마주치게 되면 관치 이자부터 죽여야 한다.'

지효원은 관치가 꼼수를 부리지 못하도록 발견하는 즉시 목숨을 끊어야 한다고 결론을 내렸다. 그것만이 이 지루한 추격전에 종지부를 찍는 가장 빠른 길이라 생각된 것이다.

"출발한다! 속도를 높여 따라잡을 것이다! 놈들을 발견하면 관치 그자를 최우선으로 제거한다!"
"존명!"
 감숙으로 가는 길 곳곳에 흩어져 관치의 흔적을 찾고 있던 흑의인들은 지효원의 명령이 떨어지는 순간 순식간에 한데 모여 이동을 시작했다.

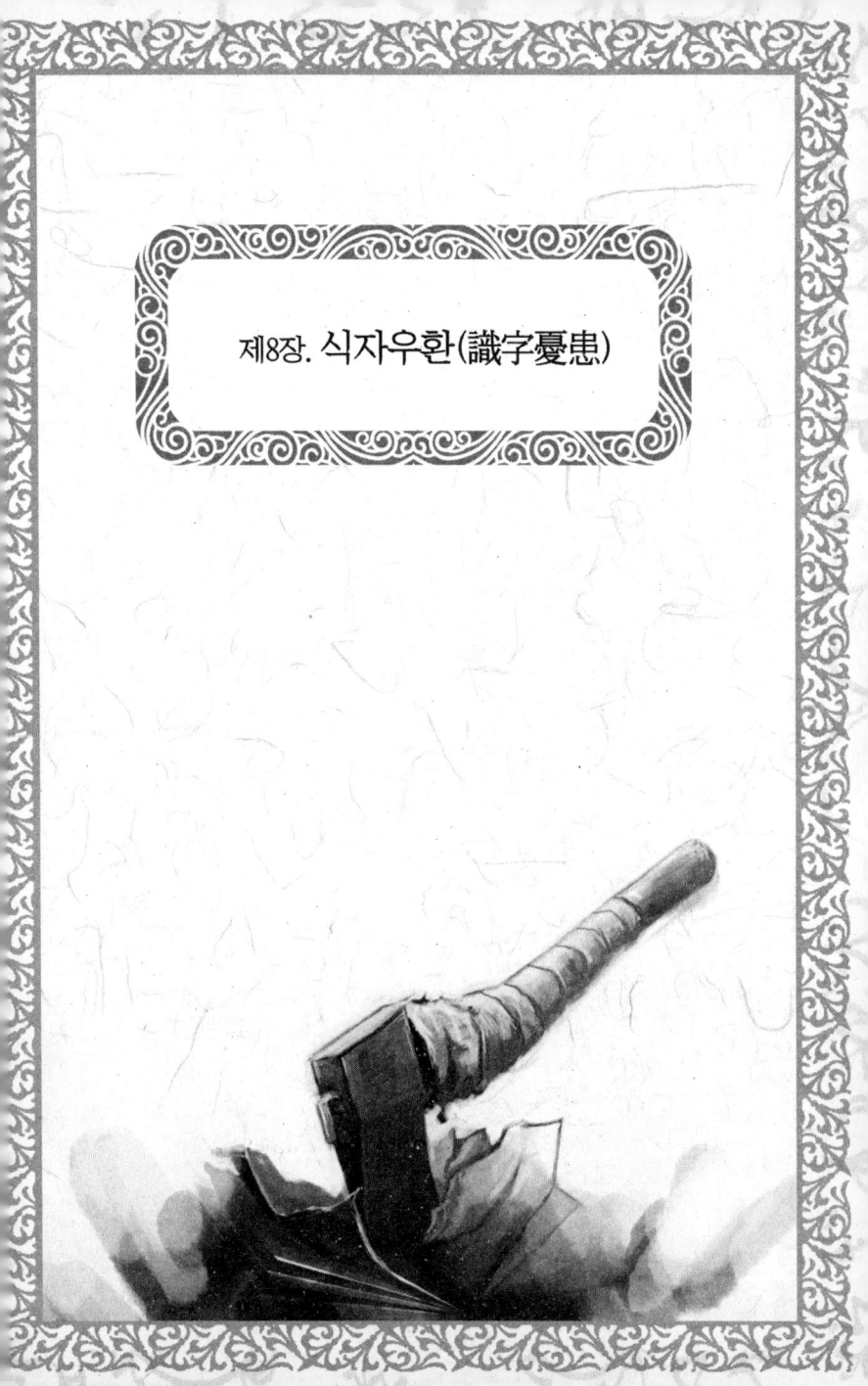

제8장. 식자우환(識字憂患)

식자우환(識字憂患)

-아는 것이 탈이라는 말로 학식이 있는 것이 도리어 근심을 사게 됨

 잠시 휴식을 취했던 관치 일행은 다시 한 시진 이상 이동을 한 후에야 노숙을 하기로 합의를 봤다. 사천을 떠나온 지 무려 9시진이 흐른 뒤였다.
 "오늘은 이곳에서 쉬어가도록 하지."
 관치의 입에서 쉬어간다는 말이 나오자, 반쯤 기절한 채 걸음을 옮기고 있던 연준하와 미란이 그대로 자리에 주저앉아버렸다. 입 안이 바짝 말라버려 말할 힘도 없고, 시체라도 된 양 꼼짝도 할 수가 없었다.
 "주변을 돌아보고 노숙할 곳을 확인할 테니 여기서 기다리고 있어."
 "저도 함께 가겠어요."

관치의 등에 업혀 왔기에 체력 소모가 거의 없었던 민영이 자신도 돕겠다며 앞으로 나섰다.

"해가 떨어진 산속은 곳곳에 위험이 도사리고 있다. 그냥 여기서 기다려."

"저도 그 정도는 알고 있어요. 관치 님은 제가 당가의 여인이라는 것을 자꾸만 잊으시는 것 같아요."

민영은 자신도 무림의 여인임을 강조하며 한 걸음 앞으로 나섰다.

"좋아. 그렇게 날 돕고 싶다면 주변에서 마른 장작이라도 모아놔."

"장작이요?"

"늦가을 날씨는 일교차가 심해서 불이 필요할 거야."

"네, 그렇게 하겠습니다."

민영은 대답을 마침과 동시에 주변에서 땔감이 될 만한 나무를 모으기 시작했다.

관치는 톡톡 튀는 느낌의 민영이 싫지 않았는지 미소를 지어주더니 몸을 움직였다. 이슬을 피할 수 있는 곳이 있다면 좋겠지만, 그게 어렵다면 일단 적들의 공격에라도 대비할 수 있는 지리적 이점이 있는 곳에 자리를 잡아야 했다.

한동안 주변을 돌아다니던 관치는 거대한 바위들 사이에 자연적으로 생겨난 틈새를 발견하고 일행을 그곳으로 불러 모았다.

"오늘은 이곳에서 쉬는 건가요?"

미란은 당장이라도 눕고 싶은 얼굴로 관치를 바라보았다.

"아니. 우린 이 바위 뒤편의 십 장 정도 떨어진 수풀에 자리를 잡을 것이다."

"네? 왜요? 여기가 더 좋아 보이는데……."

미란은 관치가 발견한 틈새를 바라보며 영문을 모르겠다는 표정을 지었다.

"밖에서 보기엔 한 사람 정도 오갈 수 있는 틈새지만, 안쪽으론 오 장 정도 깊이의 동굴이 있다."

"그럼 더 좋지 않나요?"

"아니. 만에 하나 적들이 나타난다면 끝장나기에 좋은 구조지."

관치는 당치도 않다는 듯 고개를 저어버렸다.

"어디든 좋으니 빨리 자리 좀 잡지?"

미란 뒤에서 휑한 눈으로 대화를 듣고 있던 연준하가 다 죽어가는 목소리로 투덜거렸다.

"잠시만 실례 좀."

관치는 틈새 앞에서 연준하를 둘러메더니 바위를 타고 오르기 시작했다.

"뭐, 뭐야!"

"발자국은 여기까지만 남겨야 해."

관치는 틈새 앞쪽에 자신들의 발자국이 충분히 만들어지

자 곧바로 바위를 타고 반대편으로 넘어간 것이다.

"잠시만 기다려."

그리고는 비틀거리며 제대로 서 있지도 못하는 연준하를 한쪽에 기대게 해주더니 다시 바위를 넘어갔다.

"미란은 민영이 데리고 가는 게 좋겠다."

"무슨 소리야! 민영은 환자라고! 관치 당신이 힘을 써야지."

미란은 자신을 민영에게 맡기려는 관치의 행동에 당장 반기를 들었다.

"원한다면야."

관치는 미란의 말에 두말없이 그녀를 둘러맸다.

"뭐야!"

당연히 안고 오르거나 업어줄 거라 생각했던 미란은 자신을 어깨에 메자 퉁명스런 목소리를 냈다.

"경사가 높아서 이렇게 움직이는 수밖에 없다."

관치는 마지막으로 민영을 반대편으로 옮긴 뒤 수풀 사이에 자리를 만들었다.

"피곤해도 조금만 참아. 뭐라도 먹을 걸 찾아올 테니."

"끙! 부탁이니 빨리 돌아와 줘."

미란은 금방이라도 잠이 들 것 같은 얼굴로 관치를 바라보았다.

"훗! 최대한 빨리 돌아오지."

반쯤 눈을 감은 채 넋 나간 목소리로 말하는 미란의 모습이 재미있었는지 관치의 입에서 웃음소리가 흘러나왔다.

"민영은 준비한 땔감을 이곳에 모아놔. 그리고 절대 이 바위 반대편으로 가는 일은 없도록 해."

"네, 그렇게 할게요."

 민영은 겉옷을 보따리처럼 만들어 모아놓았던 마른 장작을 바닥에 내려놓았다.

 관치는 다시 바위를 넘어 사라지더니 반 시진 정도 지나서야 모습을 나타냈다.

"먹을 만한 과실은 모두 떨어져서 많이 구하진 못했다. 일단 이거라도 하나씩 먹어둬."

 그는 어디서 찾았는지 감과 석류를 들고 있었다.

 무척이나 허기가 진 상태였기에 세 사람은 관치가 건네준 과일을 순식간에 먹어치웠다. 석류는 후식 삼아서 한 알씩 빼서 씹었는데, 새콤하면서 달콤한 과즙이 입 안에 녹아들자 그나마 피로가 가시는 기분이 들었다.

"관치 님은 아직도 힘이 넘치시는 것 같아요."

 민영은 정말 궁금하다는 눈으로 관치를 바라보았다. 관치의 등에 업혀서 오는 동안에도 끊이지 않고 들었던 의문이었기에, 민영의 말은 미란과 연준까지 귀를 쫑긋거리게 만들었다.

"넘치긴. 사실은 나도 힘들어 죽겠다."

"하지만 아무리 봐도… 미란 고모나 연 공자는 무림에 이름을 얻은 고수인데도 저렇게 지쳐 버렸잖아요. 그런데 관치 님은 저를 업고도 이렇듯 건재하시니 신기할 따름이네요. 무슨 비결이라도 있는 건가요?"

"그래. 무슨 비결이라도 있는 거야?"

"혹 그런 비결이 있다면 우리도 좀 알자고."

"비결?"

관치는 초롱초롱한 눈으로 자신을 바라보는 세 사람에게 고개를 갸웃거리더니 다시 입을 열었다.

"보폭은 일정하게, 중심은 이동하는 방향에 싣고, 앞발을 내디딜 때 뒷발이 앞발을 앞지를 것."

"쳇!"

"가르쳐 주기 싫으면 싫다고 해."

"정말 그게 다예요?"

세 사람은 관치의 말에 황당해하며 '정말?' 하는 표정을 동시에 지어 보였다.

"장시간 멀리, 그리고 오래 걸어야 할 땐 그렇게 해야 한다고 배웠다."

"그건 누구나 아는 사실 아닌가?"

연준하는 경공 좀 한다는 사람들은 모두가 아는 것을 비결이라고 말하느냐고 오히려 따져 물었다.

"연준하 너도 알고 있다고?"

"그래. 나는 물론이고 미란 소저나 민영 소저도 모두가 알고 있을걸."

관치는 연준하의 대답에 이상하다는 듯 고개를 갸웃거렸다.

"왜 그러시죠? 뭔가 틀린 게 있나요?"

민영은 오히려 이해를 못하겠다는 듯 자신들을 바라보는 관치의 눈빛에 다시 질문을 던졌다.

"모두들 어떻게 걷는지 잠시 살펴봤는데 나처럼 걷는 사람은 한 명도 없었다. 그런데 모두가 그 비결을 알고 있다고 하니 이상해서 말이야."

"그래요? 그럼 우리는 어떻게 걷던가요?"

"연준하는 일단 보폭부터가 일정하지 못하니 나머지는 말할 필요도 없고, 미란도 처음에는 폭을 맞추는가 싶었지만 움직이는 방향으로 중심을 옮기는 데 익숙해 보이지 않던데."

세 사람은 진지한 표정으로 대답하는 관치의 모습에 '설마 그게 진짜 비결이란 말인가?' 하는 얼굴이 되었다.

"연준하는 발목 관절에 무리가 갔을 것이고, 미란은 발등이 욱신거릴 거야. 그렇지 않나?"

"어라! 그걸 어떻게?"

"그래요. 전 지금 발바닥이나 발목보다 발등이 뻐근해요."

민영은 미란과 연준하의 대답에 신기하다는 듯 눈을 반짝

식자우환(識字憂患) • 207

거렸다.

"혹시 내일 이동하는 중에 자세히 보여 줄 수 있나요?"

"걷는 법을?"

"네. 관치 님의 걷는 법이요."

"뭐 그게 어려운 일이라고… 그렇게 하지."

"고마워요."

민영은 아무렇지도 않게 자신의 걷는 비법을 알려 준다는 관치의 대답에 바로 고맙다는 인사를 했다.

곰곰이 생각해보니 관치가 말하는 걷는 법은 내공이나 특정 경공을 이용하는 법이 아니라, 말 그대로 사람이 걷는 법에 관련된 비결 같았기 때문이다.

경공을 사용하고도 따라가기 힘들 정도로 빠르고 명확하게 움직이는 관치의 이동법이 단순히 걷는 것 그 자체만으로 이뤄진 것이라면, 이것은 경공 공부에 있어 획기적인 발전을 가져올 수도 있는 일이었다.

"모두들 먼저 자. 나는 마무리 지을 일이 있어서 조금 더 걸릴 거야."

"네? 같이 쉬시는 게 아니었나요?"

민영은 아직도 할 일이 남았다는 관치의 말에 또다시 호기심이 발동했다.

"민영이 도와줄 일은 아니니 먼저 쉬도록 해."

관치는 민영이 금방이라도 자신을 따라가겠다고 말할까

봐 바로 몸을 일으키더니 바위를 넘어 반대편으로 달려가 버렸다.

◊ ◊ ◊

"그 걷는 법 말인데… 정말 효과가 있는 겁니까?"

가장 젊은 축에 든 표사 한 명이 고개를 갸웃거리며 질문을 던졌다.

"물론입니다. 사실 경공이라는 공부는 몸을 가볍게 하는 것이지, 사람이 바로 걷는 법을 익히는 것은 아니지 않습니까."

표사들과 진하석은 관치의 말에 일리가 있다는 듯 고개를 끄덕였다.

확실히 자신들이 경공을 공부할 때 중점을 두는 것은 어떻게 하면 내공을 효율적으로 이용하고, 그것을 통해 몸을 가볍게 만들어 빠르게 움직이는가 하는 것이었다.

하지만 경공이라는 공부 자체가 내공을 기반으로 하는 것이기에 내공 수위의 여하에 따라 경지가 달라졌고, 또 사용하는 시간도 제약이 많았다.

그런데 걷는 법을 바르게 익히는 것만으로도 그런 결과를 낼 수가 있다면 이것은 결코 쉽게 넘어갈 이야기가 아니었다.

식자우환(識字憂患) • 209

진하석은 관치가 말한 그 걷는 법이 실재하는 것이라면 꼭 배워보고 싶은 마음이 들었다.

"혹시 그 걷는 법… 이야기 속에만 존재하는 겁니까, 아니면 현실에서도 가능한 겁니까?"

"제가 알기론 현실에서도 어느 정도 효과를 볼 수 있다고……."

"그렇다면 비가 그치고 다시 길을 떠날 때 자세히 설명을 들어볼 수 있겠습니까?"

"설명이야 얼마든지 해드릴 수 있죠."

관치는 어렵지 않은 일이라며 고개를 끄덕였다.

"좋습니다. 일단 계속 이야기를 들어보죠."

사람이 바르게 걷는 법이란 비결이 정말 효과가 있는지는 내일이면 증명이 될 테니 계속 이야기를 듣고 싶어 했다.

관치가 그렇게 하자며 다시 이야기를 꺼내려는 순간, 번을 서고 있던 표사 하나가 막사 쪽으로 달려오며 소리를 질렀다.

"진 표두님, 누군가 이쪽으로 오고 있습니다!"

"응?"

사람들은 이 시간에 이런 곳에서 누군가를 만난다는 것이 쉽지 않은 일임을 알고 있었기에, 금세 병장기를 챙겨들더니 번을 서고 있던 표사 쪽으로 몰려갔다.

관치는 쟁자수들과 함께 표물이 있는 쪽으로 이동했다.

"상대가 파악되었느냐?"

"그게… 여인인 것 같습니다."

표사들과 진하석은 노숙지로 다가오는 사람이 여인이라는 말에 어리둥절한 표정이 되었다. 이 시간에 산중에 여인이라니, 더더욱 의심스러운 상황이었다.

"다른 이들이 더 있을지 모른다. 긴장을 늦추지 마라."

진하석은 노숙지로 다가오고 있는 사람이 번을 서던 표사의 말처럼 여인임을 확인하자, 혹 주변에 다른 이들이 숨어 있지는 않나 더욱 조심스런 표정이 되었다.

"멈추시오!"

진하석은 여인이 3장 거리에 들어오자 접근을 막으며 정체를 물었다.

"아미의 제자, 지운이라고 합니다. 길을 지나다 불빛이 보여 찾아왔습니다."

진하석은 스스로 아미파의 사람이라고 밝힌 여인 쪽으로 횃불을 가져갔다.

"아! 아미파 분이셨군요."

지운이라고 이름을 밝힌 여인을 살펴보던 진하석이 그제야 안도하는 표정을 지었다. 아미파 제자들의 복색을 정확히 알고 있었기에 고개를 끄덕인 것이다.

"표국 분들이신가요?"

"용선표국의 진하석이라고 합니다."

"아, 용선표국 분들이셨군요."

지운이란 여인은 익히 들어본 적이 있다는 듯 아는 척을 했다.

"그런데 이 시간에 산을 넘다니, 무슨 일이라도 있는 것입니까?"

진하석은 상대가 아미의 사람임을 확인했음에도 쉽사리 경계를 풀지 않고 사연을 물었다.

"무당에 일이 있어 가는 중이었는데, 도중에 해가 떨어지는 바람에 길을 잃었습니다. 혹시 문제가 되지 않는다면 도와주실 수 있는지요?"

진하석은 지운 역시 무당으로 간다는 말에 다시 질문을 던졌다. 인적이 드문 산속에서는 완전히 납득이 되기 전까진 함부로 사람을 믿을 수 없었다.

"무당엔 무슨 일로……."

지운은 용선표국의 진하석이라는 사람이 자신을 경계하고 있음을 느꼈는지 품에서 첩지를 꺼내 보였다.

"무당에서 구파일방의 총회가 열리는 것은 아시는지요."

"네, 그렇다고 들었습니다."

"저는 그 총회에 참석하기 위해 가는 길입니다."

지운은 자신이 가지고 있는 첩지를 진하석 쪽으로 던져 주었다. 표국의 사람들은 길에서 만난 사람들을 쉽게 믿지 않는 것을 알고 있기 때문에 괜한 오해를 만들고 싶지 않았다.

진하석은 지운의 첩지를 펼쳐 보더니 무당의 직인을 확인하고서야 경계를 풀었다.

"죄송합니다. 표물을 운송 중이라……."

진하석은 지운에게 첩지를 돌려주며 정중히 사과했다. 신분이 확실한지 확인하기 전까지 경계를 풀지 않는 게 당연했지만, 아미의 사람이라고 밝혔음에도 신뢰를 하지 않은 점에 사과를 한 것이다.

"아닙니다. 표국의 일이라면 그럴 수도 있지요."

"저희도 어차피 무당으로 향하는 길이었습니다. 지운 소저만 괜찮다면 동행을 하시죠."

"아, 그렇습니까. 오히려 제 쪽에서 부탁을 드릴 일입니다. 사실 이쪽은 초행길이라 고생이 많았거든요."

진하석은 지운이 모습을 확인할 수 있을 정도로 가깝게 다가오자 짧은 감탄사를 뱉었다.

아미의 무복이 다른 곳과는 달리 실용성을 우선으로 하고 있어 몸에 달라붙는 경향이 있었는데 비까지 맞았으니 상대의 굴곡이 그대로 보인 것이다.

거기다 아미의 제자치곤 특이하게도 면사를 쓰긴 했지만 드러난 눈매나 얼굴 선만으로도 지운의 외모가 아름답다는 걸 느낄 수 있었기에 진하석은 한동안 눈길을 떼지 못했다.

"이쪽으로 오시죠. 임시로 설치한 막사라 쉽게 청할 만한 곳은 아니지만, 몸은 녹일 수 있을 겁니다."

"호의에 감사드립니다. 그런데 직책이……."

"아, 용선표국의 표두를 맡고 있는 진하석입니다. 정식으로 인사드리겠습니다."

별일이 아니라는 소식이 벌써 전해졌는지 막사 안은 다시 관치의 이야기를 듣기 위해 모인 사람들 때문에 상당히 북적거리고 있었다. 사람들은 진하석이 젊은 여인 한 명과 함께 막사에 모습을 나타내자, 언제 소란스러웠냐는 듯 순식간에 조용해졌다.

"아미의 제자 분이다. 자리를 내드려라."

평소라면 표두의 막사에 이렇게 사람이 모여 있는 것 자체가 불가능한 일이었지만, 오늘은 관치의 이야기를 듣는 과정에서 이미 자리가 잡혀 버린 상태였기에 별수 없이 좁은 공간에 지운을 앉힐 수밖에 없었다.

온통 사내들뿐인 막사에 지운이 함께 자리를 하자, 사람들의 관심은 순식간에 그녀 쪽으로 쏠렸다. 쌍검을 사용하는지 등에 2자루 검을 꽂고 있었고, 머리는 깔끔하게 말아 올려 비녀를 꽂은 모습이었다.

"사실 지운 소저가 오시기 전에 먼저 온 손님이 한 분 계십니다."

지운은 진하석의 말에 시선을 돌려 자신보다 먼저 왔다는 사내를 바라보았다.

"저분이 워낙 이야기를 재미있게 하는 분이라, 모두들 그 이야기를 듣느라 이렇게 막사가 복잡해졌습니다."

"그랬군요."

지운은 이야기를 잘한다는 사내를 바라보더니 다시 진하석에게 말을 건넸다.

"그런데 어떤 이야기이기에 이렇게 다들 귀를 기울이고 있는 건가요?"

"특별한 이야기는 아닙니다. 저분이 이십 년 만에 처음으로 고향에 돌아가는데, 그동안 있었던 이야기들을 재미있게 묶어서 들려주던 참이었습니다."

"그랬군요. 괜찮다면 저도 함께 들어도 될지."

"당연합니다. 쟁자수들까지 모여서 듣고 있는 이야기인데 지운 소지가 듣지 못할 이유가 없죠. 그렇지 않습니까?"

진하석은 관치를 바라보며 말을 건넸다.

"어차피 이야기를 듣는 것은 귀가 하는 일이니 듣지 마라, 들어라 할 것도 없죠."

"안 그래도 막 다음 이야기를 들을 참인데 잘됐습니다."

관치는 막사 안이 다시 안정되자 멈췄던 이야기를 이어가기 시작했다.

◆　◆　◆

관치는 거의 한 시진 이상을 돌아다니다가 다시 일행이 기

식자우환(識字憂患) • 215

다리는 곳으로 돌아왔다. 미란과 연준하는 무척이나 피곤했는지 이미 잠이 든 상태였고, 민영만이 관치를 기다리고 있었다.

"일은 잘 보셨나요?"

"먼저 자지, 왜 기다린 것이냐."

관치는 작은 모닥불 앞에 두 발을 모으고 무릎에 턱을 댄 채 자신을 기다리고 있는 민영을 보고 괜한 짓을 한다며 타박을 했다.

"헤헤! 이젠 편하게 말을 놓으시네요."

민영은 관치가 자신을 향해 존대를 하지 않고 편하게 말을 하자 금세 지적했다.

"민영이 네가 그것을 편하게 느끼는 것 같아서 그렇게 하기로 했다."

미란과 연준하에겐 말을 놓으면서 자신에겐 말을 올렸다 내렸다 하는 관치의 모습에 툴툴거렸던 민영이었다.

"잘하셨어요. 확실히 듣기 좋네요."

"그만 자거라. 내일 다시 움직이려면 체력을 아껴야지."

"그래요. 돌아오신 걸 봤으니 저도 그렇게 해야죠. 사실 조금만 더 늦게 오셨으면 이대로 잠이 들 뻔했어요."

민영은 관치를 향해 배시시 웃음을 보이더니 미란 옆으로 자리를 잡았다.

"내일 봬요."

"그래."

관치는 손까지 흔들며 인사를 하는 민영의 모습에 피식 웃음을 보였다.

◎　◎　◎

입에서 단내가 날 정도로 쉬지 않고 관치의 뒤를 쫓은 지효원과 그의 부하들은 바위산 근처에서 작은 불빛이 새어나오자 움직임을 멈추었다.

"찾았다."

어림잡아 1백 장 정도 떨어진 상태. 관치가 눈치 채지 못하게 신속하게 다가가야 한다고 생각한 지효원은 각 조의 조장들에게 작전을 지시했다.

모두 7개의 조로 나누어 바위산을 포위하는 형태로 접근을 하되, 관치의 모습을 발견하면 무기를 던져서라도 먼저 숨통을 끊어놓아야 한다고 당부했다. 그리고 무슨 일이 있어도 침묵을 지킬 것을 몇 번이고 강조했다.

어둠을 헤치며 슬금슬금 불빛 쪽으로 이동하던 지효원은 옆에서 움직이던 1조 조원 한 명이 갑자기 허공으로 튀어 오르며 사라져 버리자, 급히 몸을 움츠리며 어떻게 된 일인지 파악하고자 부지런을 떨었다.

"어떻게 된 것이냐? 갑자기 사람이 사라지다니!"

"저희 조만 그런 것이 아닙니다. 다른 조들도 조원들이 갑자기 모습을 감췄다고 합니다."

"빌어먹을!"

지효원은 영문도 모른 채 5명이 넘는 부하들이 사라져 버리자 황당한 표정이 되었다.

'아니야. 관치 그놈이라면……'

지효원은 자신이 잡혀 있던 건물이 기관 진식으로 가득 차 있던 것을 떠올리며, 자신들이 올 것을 대비해 뭔가 함정을 만들어놨을지도 모른다는 생각을 했다.

"놈이 함정을 설치해놓은 것 같다. 모두들 움직임을 조심해라."

"알겠습니다."

지효원은 자신도 관치의 함정에 걸릴 수 있다는 생각에 발밑을 더듬거리며 조심스럽게 이동을 시작했다. 경공을 사용하면 몇 걸음에 다가갈 수 있는 거리였지만, 어떤 함정이 튀어나올지 몰라 그렇게 할 수도 없었다.

긴장을 늦추지 못하고 바위 쪽으로 다가가던 지효원은 또다시 자신의 옆에서 움직이던 부하 하나가 헛바람을 들이켜며 허공으로 사라져 버리자 등줄기에 식은땀이 맺히기 시작했다. 하현달이 아스라이 모습을 보이고 있기는 했지만, 주변 사물을 확인하기에는 턱없이 부족한 달빛이었다.

"지 천령님."

"또 뭐냐?"

"더 이상 함정은 없는 것 같습니다. 안심을 하셔도 될 것 같습니다."

지효원보다 먼저 바위산에 도착한 조에서 연락이 온 모양이었다.

"그래도 마지막까지 긴장을 늦추지 마라."

"알겠습니다."

혹시 모를 함정에 몸을 사리다 보니 지효원과 그의 부하들이 바위산 앞에 도착한 것은 한 식경 이상이 흐른 뒤였다. 걸어서 움직여도 1백 장이면 지척인 거리인데, 갑자기 사람이 허공으로 사라지는 함정 때문에 진을 빼며 이동한 것이다.

"바위 틈 사이에 공간이 있습니다. 불빛은 그 안에서 나오고 있습니다."

"좋아. 한 번에 끝내야 한다. 절대 놈에게 틈을 주어선 안 된다."

"물론입니다."

부하들 역시 관치를 쫓는 동안 서른이 넘는 동료를 잃었다는 것을 알고 있었기에 조심스럽기는 마찬가지였다.

방금만 해도 1백 장을 이동하는 데 무려 7명의 동료들이 허공으로 날아가 버리지 않았는가.

각자의 손에 검을 든 지효원과 부하들이 바위 틈새를 노려

보며 이동하는 순간, 안에서 날카로운 여인의 목소리가 흘러나왔다.

"누구냐!"

"들켰다! 쳐라!"

"감히! 녹림패냐!"

치라는 말이 터져 나오자 틈새 속에서 또다시 들려오는 여인의 목소리.

지효원은 '녹림패'냐고 묻는 말에 뭔가 이상한 느낌이 들었다. 관치 일당이라면 여인의 목소리만 흘러나올 리도 없었고, 녹림패냐고 물어볼 이유도 없었기 때문이다.

'뭔가 또 잘못됐다.'

지효원은 직감적으로 자신들이 목표를 잘못 골랐다는 느낌이 들었지만 이대로 물러설 수도 없었다.

'살인멸구. 증거나 증인은 필요치 않다.'

지효원은 틈새 안에 있는 사람이 누구든 간에 일단은 처리하고 보자고 생각했고, 부하들을 틈새 속으로 밀어 넣었다.

그러나 바위 틈새는 사람 하나가 겨우 지나갈 정도였고, 그런 공간은 아무리 많은 사람이 있어도 결국에는 일대일의 대결이 될 수밖에 없었다.

거기다 틈 안에 들어가 있는 여인의 실력이 만만치 않았는지 부하들이 큰 힘을 쓰지 못하고 자꾸만 밀리고 있었다.

지금 같은 방법을 써서는 상대를 잡아내기 어려운 공간이란 생각에 슬쩍 짜증이 인 지효원은 방법을 바꾸기로 했다.

"모두 물러서라."

지효원은 부하들을 모두 물리더니 틈새를 향해 소리를 질렀다.

"네놈들은 이미 포위되었다! 잡아간 여인은 돌려주고 항복을 해라!"

부하들은 지효원이 갑자기 엉뚱한 소리를 하자 어리둥절한 표정을 지었다. 그의 부관 역할을 맡고 있던 흑의인 역시 뭔가 이상하다고 생각했는지 급히 전음을 날렸다.

-지 천령님, 갑자기 무슨 소립니까?

-틈새의 입구가 너무 좁아. 일단 안에 있는 놈을 밖으로 끄집어내는 게 우선이다.

지효원은 다시 입을 열었다.

"이 도적 놈! 어서 나오지 못하겠느냐!"

"난 도적이 아니다!"

'오호! 반응이 왔다.'

지효원은 틈 안에 숨어 있던 여인이 대답을 하자 쾌재를 불렀다.

"거짓말하지 마라."

"정말이다. 난 그저 여행을 하는 중일 뿐, 그대들과 아무런 연관도 없는 사람이다."

"좋다. 모습을 보여라. 네 말이 맞다면 우리도 이대로 물러나겠다."

 틈새 안에 자리를 잡고 이슬을 피하고 있던 여인은 지효원의 말에 바깥쪽으로 걸음을 옮겼다.
 ─움직이지 마시오. 지금 밖으로 나간다면 목숨을 잃고 말 것이오.
 그러다 갑자기 어디선가 전음이 날아들자 걸음을 멈춰 섰다.
 '누구지?'
 ─내 말대로 하시오. 그러면 저들은 그냥 돌아갈 것이오.
 여인은 누가 보내오는 전음인지 확인이 된다면 뭔가 말이라도 하겠는데, 그렇질 못하니 답답한 마음이 들었다.
 ─그대가 나가는 것이 아니라, 아무라도 좋으니 한 명을 들여보내라고 하시오. 그 사람이 와서 도적인지 아닌지 확인하라고 말이오.
 정체불명의 목소리였지만 듣고 보니 그것이 더 맞는 방법 같았다.
 "나야말로 그대들을 믿지 못하겠다. 그대들이 도둑의 얼굴을 안다면 한 사람을 안으로 들여보내라. 그 사람에게 내가 도적이 아님을 증명하겠다."
 지효원은 잘되어간다 싶었는데 느닷없이 틈새 안의 여인이 마음을 바꿔버리자 당혹스런 표정이 되었다. 오히려 자신들 쪽 얼굴만 보여 주고 물러나야 할 상황이 된 것이다.

'젠장! 관치 그 인간을 쫓은 뒤로는 왜 이렇게 되는 일이 없는 거냐!'

제9장. 가담항설(街談巷說)

가담항설(街談巷說)

-길거리나 세상 사람들 사이에 떠도는 이야기로 세상에 떠도는 뜬소문

"이야기를 쭉 듣다 보면 미란과 민영 소저를 쫓는 자들의 실력이 보통이 아니던데, 어떻게 흔적도 없이 하늘로 솟구칠 수가 있지?"

"그러게 말이야. 말이 되나?"

표사 2명이 현실성 없는 장면이라며 이야기에 제동을 걸었다.

"그건 함정이 어떻게 만들어진 것인지 몰라서 하는 말입니다."

"도대체 무슨 함정이기에 무공 고수들을 단번에 사라지게 만든단 말인가? 그것도 관치가 움직인 시간은 대략 한 시진 정도뿐이었지 않나."

이번에는 쟁자수 한 명도 의문을 제기했다.

"혹시 멧돼지나 사슴을 잡을 때 쓰는 올무를 아십니까?"

"당연히 알지."

"올무에 걸리면 빠져나올 수 없다는 것도 아시겠군요."

"그거야 짐승들이나 그렇지. 사람은 경우가 다르지."

"물론 고정된 올무라면 그렇겠죠."

관치는 자신이 말하는 올무는 그것과 다른 형태라며 다시 말을 이었다.

"사천 십방(什防)에 가면 다른 지역에서는 보기 드문 나무가 있는데, 탄성이 강하고 가지가 질겨 여러 가지 용도로 쓰이곤 합니다. 보통 그 지방 사람들은 활목이라고 부르는 나무죠. 관치와 그 일행이 노숙을 하던 지역이 바로 십방 근처였으니, 당연히 그 나무가 지천으로 깔려 있었죠."

"탄성이 강하고 질긴 가지를 가진 나무와 자네가 말하는 올무가 무슨 상관인지 모르겠군."

종종 관치의 이야기에 시큰둥한 반응을 보이던 쟁자수가 이번에도 시비조로 말을 던졌다.

"당연히 상관이 있습니다. 그 나무의 가지를 당겨 그 끝부분을 올무처럼 만듭니다. 그리고 그 올무에 다시 다른 나뭇가지를 당겨 연결을 시켜 놓죠."

"그리고는?"

"올무에 연결된 반대편 나무의 가지를 끊어지지 않을 정도로 잘라놓는 겁니다."

쟁자수는 여전히 이해가 되지 않는다는 듯 고개를 갸웃거렸다.

"함정의 구조는 그게 전부입니다. 하지만 그 올무에 발이 걸린 사람은 결코 단순하지가 않죠. 끊어질 듯 말 듯 겨우 버티고 있던 나뭇가지는 사람의 움직임을 견디지 못하고 결국 끊어지게 되고, 그렇게 되면 땅에 고정되듯 꺾여 있던 올무 쪽 나뭇가지가 허공으로 솟구치게 되죠."

"아!"

표사 중 누군가 관치의 설명을 이해했는지 손뼉을 쳤다.

"화살이 쏘아지는 것처럼 올무에 발이 걸린 사람은 하늘로 날아올랐던 거군."

"바로 그것입니다. 사실 이런 함정은 설치도 간단한 데다, 어두운 곳에서는 엄청난 효력을 발휘합니다. 거기다 더 재미있는 것은 아무리 질긴 나무라 할지라도 성인 한 사람의 몸무게를 매달고 휘청거리게 되면, 결국은 올무 쪽 가지가 버티지 못하고 부러지게 되죠."

"그렇겠지. 가지 끝 쪽은 다른 부분보다 더 부드러우니."

"그럼 허공으로 끌려 올라간 사람은 어떻게 되겠습니까? 가지가 휘어 있던 반대편 방향으로 날아가 버리게 되죠. 최소 높이는 오 장, 거리는 십 장 이상입니다. 대단한 무공을 지니지 않은 이상 결국에는 추락을 피할 수가 없는 거죠. 말을 타다 떨어져도 한참을 움직이지 못하는 것이 사람입니다. 하물며 허공에 팽개쳐진 사람이 상처 하나 없이 멀쩡하게 일어난다는 것은 기적에 가깝지 않겠습니까?"

관치를 추적하던 고수들이 허공으로 사라졌다는 부분에 이견을 제시했던 쟁자수들과 표사들은 그런 구조의 함정이라면 충분히 있을 수 있는 일이라며 공감을 표시했다.

거기다 함정을 설치하는 데 특별히 큰 힘이 필요한 것도 아니고, 다른 재료를 구해야 하는 것도 아니니 한 시진이면 충분히 만들 수 있는 것이다.

"그것참, 처음부터 그렇게 이야기를 해줬으면 그냥 쭉 들었을 것 아닌가."

말도 안 되는 소리라며 시비를 걸었던 이들이 어색한 표정으로 꼬리를 말았다.

"이야기를 하다 보면 그럴 수도 있는 거죠."

관치는 괘념치 않는다며 손을 내저었다.

"그런데 그 바위틈에 있다는 여인 말일세. 언제 그 안에 들어간 것인가?"

"그거야 함정 설치하러 돌아다니는 동안 노숙이라도 할 생각에 들어간 거겠지. 안 그런가?"

"하하하, 그렇습니다. 우연히 근처를 지나가다 바위틈을 발견하고 그곳에서 하루 묵어갈 생각을 한 것 같았습니다."

"그나저나 그 여인도 정말 재수가 없구먼. 하필이면 그 순간에 그것에 자리를 잡을 게 뭐람. 쯧쯧쯧. 추적하고 있는 놈들이 보통이 아닌데 큰일이나 당하지 않았으면 좋겠군."

쟁자수들은 여인이 위험에 처했다고 하자 혹 '못된 짓'은 당하지 않았는지 다들 걱정하는 눈빛이 되었다.

"그건 지금부터 들으시면 궁금증이 풀릴 겁니다. 당시의 상황을 보면 그 여인은 제 도움이 없었다면 지효원과 그 부하들에게 큰일을 당할 처지였는데……."

◎　◎　◎

지효원은 사람을 들여보내 자신이 도적인지 아닌지 확인하라는 여인의 말에 선뜻 대답하지 못하고 고민에 빠졌다.

'어떻게 한다… 아!'

그러다 대책이 떠올랐는지 다시 말을 이었다.

"그럴 수 없다. 안에 들어간 사람을 네가 인질로 잡고 도망을 친다면 어떻게 한단 말이냐!"

여인은 지효원의 외침에 다시 난감한 표정이 되었다. 듣고 보니 그 말도 맞는 소리였다. 어떻게 해야 할지 고민하는 그녀에게 다시 전음이 날아들었다.

-싫으면 관두라고 하시오.

"에?"

-어차피 유리한 위치에 있는데 뭐 하러 위험을 감수할 것

이오.

"……."

여인은 사내의 전음에 잠시 황당한 표정을 지었지만 그 역시 틀린 말이 아니었다. 사내의 말처럼 위험을 감수하면서까지 그들의 말에 따를 필요는 없었다.

"싫으면 그만두시오. 어차피 날이 밝으면 서로를 확인할 수 있을 것이니, 그때까지 기다릴 것이오."

여인은 더 이상 무의미한 협상은 하지 않겠다는 표현을 했다.

'이런, 젠장! 뭐, 저런 여자가 다 있어!'

지효원은 상대의 말이 맞다고 생각하면서도, 또 인정할 수도 없어 더욱 짜증이 솟구쳤다.

'그렇게 나오겠다면 나도 생각이 있지.'

"그대가 끝까지 정체를 확인시켜 주지 않겠다면 바위틈에 불을 지를 것이오. 그때도 나오지 않을지 두고 봅시다!"

지효원은 최후의 통첩이라는 듯 다시 소리쳤다.

"불을 지르겠다고?"

여인은 급히 동굴 안을 둘러보았다. 혹시 반대편으로 나가는 길이 있나 다시 한 번 확인한 것이다. 그러나 아무리 둘러봐도 동굴은 바위 틈새가 유일한 입구이자 출구였다.

-지르라고 하시오.

"네?"

여인은 점점 황당한 지시만 해대는 사내의 전음에 어이없는 표정을 지었다.

-불을 지르라고 하시오.

"지금 그게 말이 된다고 생각해요?"

여인은 전음을 보내는 상대가 누구인지는 모르겠지만 자신의 음성을 들을 수 있는 사람이라고 생각했다.

-내 말을 들을 것이오, 아니면 저들에게 죽을 것이오?

여인은 대뜸 양자택일을 하라는 사내의 전음에 답답한 표정이 되었다. 그저 새벽이슬이나 피해보고자 들어온 것뿐인데 난데없이 수십의 사람이 나타나 자신을 도적으로 몰고, 정체불명의 목소리가 나타나 그들이야말로 무서운 자들이라고 떠들고 있으니 누구 말을 믿어야 할지 알 수가 없게 된 것이다.

-결정했소?

"당신이 날 위해 그런 말을 한다고 어떻게 믿죠?"

여인은 둘 중 하나라도 정체를 알아보고자 입을 열었다.

-뭐, 그럼 알아서 하시오. 난 그만 가보리다.

"이, 이봐요!"

여인은 제 갈 길 가겠다는 사내의 말에 당혹스런 표정을 지었다.

-그러니까 내 말대로 하시오. 죽고자 하면 살고, 살고자 하면 죽는다는 말도 모르시오?

'그게 지금 이 상황과 어울리는 말이라고 하는 거야!'

여인은 사내의 말에 부아가 치밀었지만, 계속해서 불을 지르겠다고 협박하는 밖의 목소리보다 사는 방법을 알려 주겠다는 정체불명의 목소리에 손을 잡기로 했다.

"좋아요. 일단 시키는 대로 하죠."

-좋소. 어서 말하시오. 아예 불을 지르라고.

'젠장! 지금 이게 뭐 하는 짓인지.'

"불을 지르고 싶다면 마음대로 해라."

지효원은 아예 불을 지르라는 여인의 말에 허허거리며 어이없는 웃음을 흘렸다.

어떤 여자가 안에 있는 것인지는 모르겠지만 대가 센 건지, 머리가 멍청한 건지 분간이 가지 않았다.

바위 틈새에 불을 지르면 동굴 안에 있는 여인은 연기에 질식할 것이 분명한데, 아랑곳하지 않고 불을 지르라고 하니 자꾸 웃음이 나왔다.

"좋아. 원한다면 그렇게 해주지. 불을 질러라!"

지효원은 더 이상 시간을 끄는 것 자체가 무의미하다 여겼는지 불을 지르라고 명령을 내렸다.

"뭐예요! 진짜 불을 지르잖아요!"

여인은 지효원의 외침에 당혹감을 감추지 못했다.

-그것참, 걱정하지 말라니까. 정말 겁이 많구려. 무림인 맞소?

"……."

―틈새엔 아무리 불을 질러봤자 의미가 없소. 내 말을 못 믿겠다면 틈새와 동굴 입구 사이에 또 다른 틈이 있는데 거기에 손을 한번 대보시오.

"아, 알았어요."

여인은 일단 목소리가 시키는 대로 틈새와 동굴 입구 사이에 손을 가져다 댔다.

휘이이이잉!

"이건?"

―그렇소. 틈새와 입구 사이에 또 다른 균열이 있어, 마치 협곡에 바람이 부는 것처럼 입구 쪽 틈새에서 들어오는 바람은 전부 옆으로 빠져나가게 되어 있소.

"이걸 어떻게……."

―그걸 어떻게 알았는지는 중요치 않소. 억울한 죽음을 막았다는 게 중요하지. 그럼 수고하시오.

"이봐요! 그냥 그렇게 가버리면 어떻게 해요!"

―목숨에 위협을 받을 일은 없어졌지 않소.

"하지만 저들이 사라진 것도 아니잖아요.

―어허! 그것참, 물에 빠진 것 건져 냈더니 아예 칼을 들이대네.

"지금 상황은 그게 아니잖아요!"

여인은 전혀 어울리지 않는 상황에 자꾸 엉뚱한 말을 가져

가담항설(街談巷說) • 235

다붙이는 것에 분통을 터트렸다.

 -그럼 어떻게 해달라는 말이오?

 "저들이 다른 방법을 강구할 수도 있고……."

 -저들은 그렇게 여유가 많은 사람들이 아니오. 그러니 당신이 걱정하는 것처럼 계속 지키고 있지는 않을 것이오.

 "만에 하나 지키고 있다면요?"

 -그땐 알아서 해야지. 내가 언제까지나 이곳에 남아서 전음만 날리고 있을 수는 없는 일 아니오.

 "그거야 그렇지만……."

 -쩝! 좋소. 내가 그대를 위험에서 구해주면 그대는 나에게 무엇을 줄 것이오?

 "무엇을 주다니요? 협을 행하고자 했으면 끝까지 도와줘야지."

 -내가 언제 협을 행하겠다고 했소? 그냥 위험해 보여서 잠시 도와준 것뿐이지.

 "좋아요. 제가 뭘 하면 되죠? 말을 해봐요."

 어차피 다급한 사람은 자신이라고 생각했는지 여인은 결국 목소리의 요구에 응했다.

 -흠… 뭘 한다기보다는 나에게 의뢰를 하는 게 어떻겠소. 난 보통 혼자 힘으로 어떤 일을 처리하지 못하는 경우 적당한 사례비를 받고 그 일을 도와주는 사람이오.

 "의뢰요?"

-그렇소. 만약 그 동굴에서 탈출하는 것이 당신의 희망이고 요청이라면 그에 합당한 비용을 제시해주시오. 적정타 생각하면 의뢰를 받아들이겠소.

처음에는 그냥 도움 정도만 주려고 했던 일이었지만, 당사자가 극구 동굴에서 나오기를 원하니 관치 역시 그에 합당한 대가를 받고 일을 처리하면 되겠다는 생각이 든 것이다.

아직 정식으로 자리를 잡은 것은 아니지만, 일단 제일홍신소의 소장이 바로 자신이 아닌가 말이다. 해결사라면 해결사답게 행동하는 것도 나쁘지 않은 방법이었다. 우연이든 필연이든 해결사라는 직업이 자신과 무관하지 않다는 생각이 든 것이다. 어차피 자신의 아버지도 해결사라는 직업으로 돈도 벌고 결혼도 한 것이 아닌가. 이것도 어찌 보면 가통을 잇는 것이 된 셈이다.

"돈으로 환산하는 건가요?"

-물론이지.

"은자 열 냥. 어때요?"

-훗!

"그 웃음, 무슨 의미죠?"

여인은 사내의 웃음소리에 기분이 상한 듯 말끝이 올라갔다.

-당신은 당신 스스로의 목숨 값이 은사 열 냥이라고 생각하는 것이오?

"그건……."

―당신은 지금 악당들 손에서 벗어나 자유롭게 되기를 갈망하는 중이오. 그런데 그 비용이, 당신의 자유가 보장되고 덤으로 목숨까지 구할 수 있는 비용이 겨우 은자 열 냥이라는 것이오?

"하지만 수중에 가진 돈이 얼마 되지 않는단 말이에요."

―흠… 현재 가지고 있는 돈이 얼마 안 된다라…….

"그래요. 아무리 목숨 값을 더 치고 싶어도 불가능한 걸 어떻게 해요."

여인은 사내가 수긍하는 목소리를 보이자 더욱 강력하게 밀고 나갔다.

―그렇다면 수중의 돈을 제외하고 단순히 금전적으로 현재 상황을 비용으로 환산한다면 어느 정도일 것 같소?

"자유와 목숨의 대가라면 사실 환산이 불가능하겠죠."

―물론 감성적인 면으로 본다면 그것이 맞는 말이오. 하지만 당장 먹고 죽으려 해도 땡전 한 푼 없는 사람과 그렇지 않은 사람은 상황에 따라 가격을 매기는 것이 다르지 않겠소.

"물론 그렇겠죠."

―그것을 가정하고 한번 이야기해보란 말이오.

"꼭 그렇게까지 말을 한다면… 황금 열 냥 정도의 상황?"

―흠… 그 정도면 적당한 가격이군. 오늘은 은자 열 냥만

받고, 나머지는 차용증으로 처리하는 건 어떻소?

"차용증이라면……."

―차후 비용을 지급하겠다는 일종의 각서라고 보면 될 것이오.

'차후라고? 좋아. 일단 이곳만 벗어나면 다시는 저 목소리를 만나는 일이 없을 것이니…….'

"좋아요. 그렇게 하도록 하죠."

―좋소. 일단 차용증부터 씁시다.

"네? 종이도 지필묵도 없는데 어떻게 쓰죠?"

여인은 왜 자꾸 말도 안 되는 소리를 하는지 모르겠다며 불만스러운 목소리가 되었다.

―어렵지 않소. 보아하니 무공 실력이 상당한 것 같은데, 동굴 벽에 검으로 새기는 것은 어떻겠소?

"동굴 안에 말인가요?"

―그렇소. 내용은 방금 이야기한 대로 쓰면 될 것이고, 채무자는 당신 이름을, 채권자는 소관치라는 이름을 써넣으면 될 것이오.

'정말 가지가지 하는구나.'

여인은 스스로 관치라고 이름을 밝힌 사내의 요구에 어이없는 표정을 지었지만, 일단 이곳을 벗어나면 그만이라고 생각했다.

'까짓것 백번이라도 써주지.'

여인은 검을 뽑아 동굴 벽에 관치가 원하는 내용을 작업해 주었다.

"다 썼어요."

-좋소. 그럼 이제부터 자유와 생명에 대한 구출 작전을 시작하겠소. 첫 번째, 저들에게 불을 꺼달라고 하시오.

"네? 불을 붙이라고 할 때는 언제고 이제는 꺼달라니요?"

-입구에 불을 질러놨는데 어떻게 나가겠다는 것이오.

"하지만 그냥 나갔다간 바로 공격할 기세던데요."

-정말 말 많네. 할 거요, 말 거요?

"……"

-싫음 말든가.

"알았어요."

여인은 툴툴거리며 짜증을 내는 관치의 전음에 머리가 쭈뼛거릴 정도로 화가 났지만, 일단 그의 말에 따르기로 했다. 밖에 나가 관치라는 사내를 만나면 자신에게 함부로 한 대가를 톡톡히 치러줄 생각이었다.

"불을 꺼주세요! 불을 꺼달라구요!"

이제나저제나 틈새 안에서 여인이 살려 달라고 외치기를 기다리고 있던 지효원은 때가 되었다는 듯 부하들에게 신호를 했다. 바위 앞에서 불을 키우고 있던 흑의인들은 지효원의 신호에 따라 장작더미를 흩어버렸고, 불은 금세 사그라졌다.

―다시 한 번 말하지만 당신들이 찾는 사람은 내가 아니라고 말하시오.

"다시 한 번 말하지만 난 당신들이 찾는 사람이 아니에요!"

―누굴 찾고 있는지 말해주면 돕겠다고 하시오.

"누굴 찾고 있는지는 모르겠지만 내가 돕겠어요."

지효원은 스스로 돕겠다는 여인의 말에 피식 웃음을 보였다.

'웃기고 있네. 네가 무슨 수로 나를 돕겠다는 말이냐. 나오기만 하면 단번에 목숨을 끊어버릴 테다.'

―혹시 여자 둘과 남자 둘을 찾고 있는 게 아니냐고 물어보시오.

"혹시 남녀 네 명을 찾고 있는 거라면 내가 도울 수 있어요!"

"응?"

지효원은 물론이고 다른 흑의인들 역시 여인의 외침에 서로를 바라보며 '어라?' 하는 표정을 지었다.

"네 사람을 보기라도 했다는 것이냐?"

지효원은 혹시나 하는 마음에 질문을 던졌다.

―이곳에 자리를 잡기 전에 그들이 쉬고 있었다고 말하시오.

"내가 이곳에 도착했을 때 그들은 이미 떠날 준비를 끝낸 상태였어요."

"그게 언제지?"

−두 시진 정도 되었다고 하시오.

"두 시진 정도 되었어요."

"두 시진?"

지효원은 자신과 관치 사이에 그 정도 시간 터울이 있을 것이라 예상하고 있었기에 여인의 말에 신빙성이 있다고 생각하기 시작했다.

"어디로 갔는지 아시오?"

−목적지는 모르지만 방향은 안다고 하시오.

"목적지가 어딘지는 정확히는 몰라요. 하지만 그들이 간 방향은 알고 있어요."

"어느 쪽이오? 어느 쪽으로 갔소?"

−일단 안전을 보장하라고 하시오.

"제 안전을 보장해주세요. 아무 상관도 없는 나는 보내달라구요!"

"좋소. 그렇게 하지. 그들이 어디로 갔는지 그것부터 말해 보시오."

−서쪽.

"서쪽으로 갔어요. 대충 청해성 어디론가 간다고 하는 것까지는 기억이 나요."

"청해성이라……."

난주가 목표인 줄 알았는데, 그 정보가 역공작을 위한 것이었다는 생각이 들자 가능성 있다는 결론이 나왔다.

"그 여자는 포기한다! 모두 청해성으로 간다! 그들을 따라잡아 이곳에서 청해성으로 들어갈 수 있는 모든 길목을 차단한다!"

"존명!"

관치가 어느 쪽으로 갔는지를 알아낸 것만으로도 큰 성과라 생각한 지효원은 이미 2시진이 지났다는 말에 마음이 급해졌다. 지금까지 관치의 이동속도를 본다면 쉽게 좁힐 수 있는 시간이 아닌 것이다.

"우리는 이만 가봐야겠소. 약속대로 그대는 살려 주지."

지효원은 그 말을 끝으로 부하들을 따라 몸을 날렸다.

─의뢰 완료.

"……"

여인은 너무 어이없게 상황이 종료되어버리자 황당한 표정이 되었다. 불까지 지르며 죽이겠다고 나대던 정체불명의 사람들이 남녀 4명이 서쪽으로 갔다는 말에 정신없이 모습을 감춘 것이다.

"선금 은자 열 냥은 지금 받아두겠소."

여인은 동굴 입구에서 전음이 아닌 직접적인 음성이 들려오자 밖으로 걸어 나갔다.

"당신이 관치란 사람이군요."

여인은 6척이 넘을 듯한 키에 큰 덩치를 지닌 사내 한 명

가담항설(街談巷說) • 243

이 손을 내밀자, 참 인정머리 없다는 듯 바라보았다.

"위기에 처한 사람을 이용해 이런 식으로 돈을 벌다니, 사파의 인간들과 무슨 차이가 있죠?"

"사파나 정파, 이런 것에 대해서 나는 알지 못하오. 억지로 계약을 맺자는 것도 아니었지 않소. 선택은 당신이 했고, 나는 그 선택을 존중했을 뿐이오."

"흥!"

여인은 자신의 전낭을 빼들더니 은자 10냥을 꺼내 관치의 손에 쥐여 주었다.

"고맙소. 나머지는 다음 기회에 받으리다."

"네?"

여인은 동굴 안에서 들려주었던 전음이 전부 사실이냐고 물었다.

"물론이오."

"흥!"

여인은 웃기지 말라는 듯 콧방귀를 뀌더니 관치를 스쳐 지나갔다.

"오늘은 이렇게 보내주지만, 언제든 내 눈에 다시 띄는 날에는 목숨을 부지하기 어려울 것이다."

여인은 그 말을 끝으로 몸을 날려 사라져 버렸다.

"그것참, 다른 돈도 아니고 내 첫 의뢰비를 떼먹어? 허허허!"

관치는 어이가 없는지 자꾸만 웃음이 흘러나왔다.

그러나 그것도 잠시, 여인이 사라진 방향을 바라보다가 동굴 안으로 들어갔다. 여인이 남겨 놓은 차용 각서를 챙기기 위해서였다.

"언제고 다시 만나게 되면 오늘 있었던 일을 두고두고 후회하게 만들어주지."

◐ ◐ ◐

"허허! 그 여자도 정말 지독하군. 결국 관치 그 녀석에게는 첫 의뢰인이자 공식적으로 첫 수입이었잖아."

"그러게 말입니다."

관치는 길게 한숨을 쉬며 맞장구를 쳤다.

"그런데 그 여자 이름은? 이름이나 생김새 둘 중에 하나는 알아야 돈을 받아낼 것 아닌가."

쟁자수 하나가 관치의 돈을 떼먹고 도망을 쳤다는 사람에 대해 이야기해보라고 하자 모두들 고개를 끄덕였다. 혹시 자신들이 아는 사람이라면 꼭 말을 하겠다는 사람도 있을 정도였다. 다들 먹고사는 일에는 민감하다 보니 일을 하고도 돈을 떼였다는 관치의 말은 상당히 큰 반향을 일으켰다.

"일단 여자입니다. 키는 오 척 반 지 정도이며, 몸에 딱 붙는 무복을 입고 있었습니다. 보통은 검을 들고 다니거나 허리에 차는데, 그 여자는 등에 메는 형태로 쌍검을 가지고 있더군요. 머리는 단아하게 올린 모습이었는데, 나비 문양이 새겨진 비녀를 꽂고 있었습니다. 생김새는……."

"이보게, 관치."

"네, 아저씨."

"혹시 저렇게 생긴 사람인가?"

"네?"

관치는 누굴 말하는 것인지 모르겠다며 쟁자수 영감의 손끝을 따라 고개를 돌렸다.

"어? 저분은 아미에서 오셨다는 여검객 아닙니까."

사람들은 설마 저렇게 아름다운 소저가 그런 일을 했을 리 없다는 믿음을 가지고 관치의 반응을 살폈다.

"세상에 몸매가 드러나는 무복을 입고, 쌍검을 등에 찬 사람이 어디 한둘입니까. 괜한 사람 잡지 마십시오. 그러다 심기라도 건드리는 날에는 큰 낭패를 볼 수도 있습니다."

"역시 그렇겠지?"

쟁자수 영감은 다행이라는 듯 안도의 한숨을 내쉬었다.

"그럼요. 그날 어두워서 얼굴은 보지 못했었습니다. 그래서 사실 눈앞에 그 사람이 앉아 있다고 해도 찾아볼 방법이 없습니다. 괜히 잘못 말했다간 엉뚱한 사람이 누명을 쓰고 고통을 받을 수도 있으니 자제하는 게 좋을 것 같습니다. 하지만 끝까지 돈을 주지 않고 미친 척한다면 언제고 그 여자를 만나 머리털은 물론이고, 몸에 난 다른 부위의 털까지 모조리 밀어버릴 겁니다. 자신도 당해봐야 그런 짓을 안 하겠죠."

관치는 절대 용서할 수 없다는 듯 강한 의지를 보였다.

"그럼 이름이라도 말해보게나. 이름을 알고 있으면 못 찾을 것도 아니지 않은가."

"그것도 문제가 있습니다."

"아니, 무슨 문제 말인가?"

"벽에 새겨 놓은 내용에 자신의 이름은 대충 휘갈겨 놓아서 무슨 글자인지 알아볼 수가 없더군요."

"아니, 이런 낭패가 있나. 정말 몹쓸 인간이네. 아니, 이름 부분만 은근슬쩍 휘갈겼단 말인가?"

"그러게 말입니다. 정말 못되도 보통 못된 게 아니라니까요."

관치는 상종도 못할 인간이라는 듯 다시 고개를 저어버렸다.

"이보게, 관치."

"네."

"그런데 이거 그냥 이야기일 뿐이지?"

쟁자수 영감이 '꼭 그래야 한다는 듯' 다짐하듯이 질문을 던졌다.

"이야기는 이야기일 뿐, 그 이상도 이하도 아니다. 이 부분이 오늘 우리 만남의 핵심 아니었습니까?"

"하하하! 역시 그렇지."

"왜요?"

"아니, 그게 말일세. 처음에는 그냥 호기심에 들었고, 중간에는 황당해서 들었는데… 이상하게 언제부턴가는 뭐가 진짜고, 뭐가 지어낸 이야기인지 감을 잡을 수가 없어서 말일세."

쟁자수 영감은 자꾸만 아미의 여검객이 있는 쪽을 힐끔거리며 '그냥 이야기일 뿐이라는데요.' 하고 관치 대신 변명이라도 늘어놓는 모습이 되었다.

관치는 한참 재미있게 이야기를 나누다가 괜히 외부인 하나가 늘어나는 바람에 분위기가 이상해졌다 생각했는지, 그 역시 시선을 아미의 여검객 쪽으로 맞췄다.

"거기 새로 오신 분 때문에 분위기가 좀 이상해진 것 같은데… 뭐 하나 물어봐도 되겠습니까?"

관치가 지운 쪽으로 말을 건네자, 막사 안에 있던 사람들의 시선이 우르르 두 사람에게 모여들었다.

"무엇을……"

"혹시 제 이야기에 불만이 있다거나, 뭐 잘못됐다 느끼시는 부분이 있다면 언제든 좋으니 이견을 제시하셔도 좋습니다. 아, 물론 그쪽에게 특권을 주는 건 아니고, 여기 있는 모든 사람들이 그렇게 이야기를 듣고 있어서 말입니다."

"내가 왜 그래야 하는지 모르겠군."

지운은 자신의 이야기도 아닌데 왜 그래야 하는지 모르겠다며 고개를 갸웃거렸다.

"아, 딱히 관계가 있다거나 그런 이유는 아닙니다. 그냥 왜 그런 거 있지 않습니까. 그 부분에서 어떠어떠한 부분 때문에 이야기가 잘못된 것 같다든지."

"……"

"방금 들은 이야기에 이상한 점은 없는 거죠?"

이야기는 이야기일 뿐 그 이상도 이하도 아니라는 관점에서 보면, 다른 이들에게 했던 것처럼 단조로운 질문이었지만, 막상 그 질문이 지운에게 가니 상황이 미묘하게 느껴졌다.

"없다."

"하하하! 영감님, 저 사람도 없다지 않습니까. 그러니 괜히 엉뚱한 사람 눈치 보지 마시고 이야기에나 집중해주세요. 영감님이 자꾸 불안한 눈으로 시선을 돌리는 통에 저까지 괜히 긴장이 되지 않습니까."

관치는 별것도 아닌 걸 가지고 신경을 쓴다며 쟁자수 영감의 걱정을 한 방에 날려 버렸다.

막상 모르는 사람이 들으면 지운의 이야기를 한다고 했을 정도로 비슷한 체형과 외모, 그리고 검을 상착하고 있었지만 그 당사자 역시 문제가 없다고 하니 쟁자수 영감의 불안한 표정은 그나마 많이 수그러든 상태였다.

"그럼 진짜 궁금한 게 하나 있는데 말이야."

"네, 물어보세요."

"정말 그 여인을 만나면 온몸의 털을 다 밀어버릴 생각인가?"

"우하하하하! 그거야 이야기 속의 관치가 알아서 하겠죠. 아, 진짜 영감님 사람 이상하게 몰아가시네. 거기 아미파 아가씨, 그렇지 않습니까?"

"……"

지운은 관치의 물음에 조용히 입을 다물어버렸다. 여인의 털을 다 밀어버린다는 등의 입에 담지 못할 말을 하는 자와는 말을 섞기 싫다는 표정이 얼굴에 그대로 드러났다.

제10장. 구우일모(九牛一毛)

구우일모(九牛一毛)

-많은 것 가운데서 극히 적은 것으로 아무것도 아닌 하찮은 일을 비유한 말

 끈질기게 따라다니던 지효원은 물론이고, 도움을 청하는 한 여인의 의뢰까지 동시에 처리를 해버린 관치는 기분이 묘해졌다. 그저 뛰고 힘쓰고 노력했다는 것을 위안 삼아 이 정도면 잘한 거야, 라고 생각하는 일반적인 성취감이 아니었다.

 "해결사라는 직업… 생각보다 멋진 직업이 될 수도 있겠는걸."

 관치는 어느 누구도 다치지 않고 모두가 원하는 결과를 얻었다는 점에서 자신이 완료한 첫 번째 의뢰가 앞으로 인생에 엄청난 영향을 미치게 될 것임을 인정하지 않을 수 없었다.

"힘의 논리가 아니다. 서로가 원하는 것을 만족할 만큼 가져갈 수 있는 공평한 분배의 논리. 그래. 그것이 바로 해결사가 도달해야 할 궁극의 경지였어."

관치는 무인각을 떠나 세상에 나온 뒤 처음으로 완벽한 미소를 지을 수 있었다. 언제나 뭔가 부족한 상태로 감정을 표출했던 이전과는 달리 자신이 느끼는 것을 확연하게 이해할 수 있는 인간 본연의 감정을 되찾은 것이다.

"후후후! 덕분에 잠을 좀 잘 수 있겠군. 지효원이 청해성까지 다녀오려면 한참이 걸릴 테니."

관치는 뿌듯한 얼굴을 하고 일행이 잠들어 있는 수풀 속으로 모습을 감췄다.

◈ ◈ ◈

일주일 동안 작으면 작고, 크면 크다고 할 수 있는 세 곳이 세상에서 사라져 버렸다.

사천의 당문세가와 호북 죽산에 자리 잡은 소가장이 잿더미가 되었고, 학문 탐구의 성역이라 불릴 정도로 수많은 학자들을 배출해냈던 한림서원이 피에 잠겼다.

당문세가의 일만으로도 이미 충분히 화가 나 있던 황제에게 연이어 발생한 소가장과 한림서원의 참사는, 중원을 지배하는 자가 분노할 때 어떤 일이 벌어지는지 명확하게 보여 주는 사건이 되었다.

 사건이 일어난 지역의 성주들은 참수형에 처해져 목이 성문 밖에 내걸렸고, 사건 당일 흉수의 그림자도 잡아내지 못했던 관부의 포장들 역시 줄줄이 참수를 당했다. 조금이라도 사건과 연관이 지어진 자들은 한 사람도 빠짐없이 관부에 잡혀 갔고, 지긋지긋한 고문과 심문에 지쳐 스스로 목숨을 끊는 이까지 생겨날 정도였다. 한마디로 중원 전역이 세 번의 혈사를 통해 몸살을 앓기 시작한 것이다.

 무림의 일에 관여하지 않고 관심도 두지 않으려 했던 황제는 이번 사건이 무림과 관련이 있다는 정보를 얻음과 동시에, 과거 성세를 누리던 문파들은 황제의 교지를 받는 일까지 생겨났다.

 무려 40년 만에 무림맹이 만들어질 수 있는 기반이 만들어진 것이다.

 황제는 구파일방의 장문들에게 관과 협력해 백성들을 살필 것을 명령했고, 그에 대한 지원을 아끼지 않을 것임을 약속했다.

 주원장이 명나라를 세운 뒤 무림에 대한 억압 정책이 한 번도 멈춘 적이 없었다. 무림의 힘을 껄끄럽게 생각했던 역대 황제들은 무림에 속한 문파들은 함부로 세력을 키울 수도 없도록 명시해왔었다. 그런데 그 정책이 정통제(正統帝)의 명에 의해 깨지고 만 것이다.

오랜 세월 잠들어 있던 무림은 억제 정책이 사라지고, 관과 동등한 지위를 부여받는 순간 몸을 일으키고 기지개를 펴기 시작했다.

백성의 안위와 앞장서서 외적을 막아야 한다는 전제가 붙기는 했지만, 전쟁이라도 나지 않는 이상 무림인들이 하고자 하는 일은 명확했다.

무림제일문! 그리고 무림제일인!

정도 무림에 눌려 유명무실해졌던 사파 무림은 이번 기회를 빌려 새롭게 성장할 수 있는 발판을 삼고 싶어 했다.

정파에는 무림맹이 부활을 준비하고 있다면, 사파에는 천의맹을 살려 내기 위한 물밑 작업이 벌어지기 시작한 것이다.

바야흐로 무림인들이 다시 한 번 날개를 펼 수 있고 군웅이 할거할 수 있는 무한도전의 세상이 도래한 것이다.

◎ ◎ ◎

관치 일행은 난주에 도착할 때까지 별다른 사고 없이 조용한 여행을 즐길 수 있었다. 지효원의 추격에 대비해 밤마다 번을 서지 않아도 됐고, 탈진할 때까지 이동하는 강행군도 없었다. 남들이 보면 유람이라도 나왔다 생각할 정도로 차분한 움직임으로 드디어 목적지에 도착한 것이다.

"이곳인가······."

 관치는 화월각이란 이름의 객잔 앞에서 깊게 심호흡을 했다. 자신이 속한 평정문의 또 다른 흔적.

 하오문 역시 비슷한 시기에 같은 이유로 생겨나긴 했지만, 관치는 하오문보다 흑점의 운영 방식이 마음에 들었다.

 거기다 무인각에 남아 있는 기록에 의하면 이곳 화월각이야말로 중원 흑점의 본산이자 흑점의 점주가 존재하는 곳.

 해결사가 되려면 흑점에 인정을 받으라는 말이 있을 정도로 흑점이 가지는 정보력과 자금력은 상상을 초월할 정도였다.

 사파 무림이 구파일방과 함께 무림을 양분하고 있다고 말하곤 하지만, 성삭 낮을 나눠 갖은 그 두 세력보다 밤 자체를 지배하는 흑점의 힘이 더욱 강력했고 매력적이었다.

"여기에 자리를 잡을 건가요?"

"그래. 이곳에서 시작할 거야."

 미란은 숙소를 이곳에 잡을 거냐고 물어봤을 뿐인데, 관치에게서는 뭔가 다른 의미의 말이 흘러나왔다.

"그게 무슨 뜻이죠?"

"제일흥신소. 이곳이 제일흥신소의 역사가 시작된 장소다."

 미란과 민영, 그리고 연준하는 무슨 소리를 하는지 모르겠는지 눈만 깜빡거렸다.

관치가 우성각 뒤뜰에서 장작이나 패던 사람은 아니었음은 알게 되었지만 아직도 그가 어떤 사람인지, 사마건 같은 사람을 어떻게 숙부로 두고 있는지 등에 대해서는 아무것도 알아낸 것이 없었다.

아직 함께 지낸 시간이 부족하고, 서로에 대해서 대화를 나눌 기회가 많지 않았기에 그런 것이라고 애써 마음을 억누르고 있었지만, 앞으로도 관치가 어떤 사람인지, 어떤 인생을 살아왔고 또 꿈꾸는지는 그가 직접 입을 열기 전까지 알 도리가 없다는 것이 세 사람의 공통된 생각이었다.

"연준하, 너는 여기까지다. 여기서부터는 네 길을 가라."

"뭐?"

연준하는 목적지에 도착하는 순간, '이제 너는 가!'라는 관치의 말에 멍한 표정을 지었다.

"넌 이쪽 세상과 어울리는 사람이 아니야."

"꼭 어울려야 이런 일을 하는 건……."

"아니. 화산으로 돌아가."

"무슨 소리야! 난 파문 제자라고!"

"파문을 당한 것은 분명하지만, 네가 파문을 당했다는 것을 아는 사람은 극히 소수야. 황제가 무림 억제 정책을 회수한 이상, 화산은 너 같은 인재가 필요할 거다. 아마 파문 문제도 소리 소문 없이 정리가 될 테니 걱정하지 않아도 될 거야."

"이봐, 파문이 애들 장난인 줄 알아?"

"물론 아니지. 하지만 지금은 그렇게 해서라도 네가 필요해졌을 거야. 어차피 당문의 일은 더 이상 끈을 잇기가 어려운 상황인 데다, 남궁가와 적대시하는 바람에 진출을 하고 싶어도 내실을 다지는 데 집중하고 있을 거다."

"그걸 어떻게 알지?"

"아는 게 아니라 그럴 수밖에 없는 정세를 읽으면 보이잖아."

"그 말 책임질 수 있어?"

"물론. 만에 하나 문제가 있다면 돌아오면 되잖아."

"음……."

연준하는 화산으로 돌아갈 수 있다는 말에 한참을 고민하더니 결국 고개를 끄덕였다.

"좋아. 그렇게 하지."

"그리고 말이야."

관치는 연준하 앞에 마주 서더니 거침없이 주먹을 날렸다.

빠악!

"크윽! 뭐냐!"

"다음에 볼 때는 말 높이는 게 좋을 거야. 내가 봐주는 것은 여기까지니까."

"……."

당장 소리를 지르고 난동을 피우는 것도 나쁘지 않겠지만, 그래봤자 결국 손해 보는 건 언제나 자신임을 깨달은 상태.

연준하는 더 이상 말 같은 것은 하지 말고 조용히 떠나는 게 바른길이라고 생각했다.

"좋습니다. 그렇게 하죠."

연준하는 관치와 미란, 민영을 잠시 바라보다가 그대로 몸을 돌려 버렸다.

미란과 민영은 그래도 어느 정도 망설임을 보일 줄 알았던 연준하가 거리낌 없이 돌아서버리자 서운한 마음이 들었다. 미운 정도 정이라고 길지 않은 시간이었지만 나름대로 정이 든 것이다.

그러나 연준하가 그런 모습을 보인 것은 다 이유가 있었다. 어차피 자신 스스로도 관치와 함께 있는 것은 머지않은 미래에 한계를 보일 것임을 잘 알고 있었기 때문이기도 했지만, 머뭇거리며 시간을 보내다간 그 사실을 알고 있으면서도 떠나지 못하게 될까 걱정이 되었기 때문이다.

사라져 가는 연준하의 뒷모습을 지켜보던 관치와 미란, 민영은 그가 완전히 모습을 감추자 화월각 안으로 들어갔다.

"어떻게 오셨는지?"

화월각 입구에서 손님을 맞이하고 있던 점소이 방춘정은 미란과 민영의 분위기가 심상치 않음을 느끼고 환영이 아닌 용건을 물었다.

춘정의 질문은 2명의 여인을 향한 것이었지만, 대답은 두 여인을 뒤따라왔던 덩치 큰 사내에게서 흘러나왔다.

"각주를 만나고 싶소."

"네?"

춘정은 느닷없이 각주를 만나고 싶다는 관치의 말에 어리둥절한 표정이 되었다.

"화월각 뒤뜰의 창고를 빌려 썼으면 한다고 전해주시오."

춘정은 관치의 말을 전해야 할지, 아니면 무시해야 할지 잠시 고민에 빠졌다.

자신이 알기론 화월각은 임대 사업에는 관심이 없었다. 하지만 뒤뜰에 창고가 있다는 것이나, 그곳이 비어 있다는 정보를 알고 왔다면 자신이 모르는 사이 임대에 관련된 사항이 오고 갔을지도 모른다는 생각이 든 것이다.

"일단 이쪽으로 오시죠."

춘정은 혼자서 판단하기 애매하다 느꼈는지 세 사람을 안쪽 자리로 안내했다.

"차를 드시고 계십시오. 안쪽에 기별을 하겠습니다."

관치는 춘정의 말에 당연히 그래야 한다는 듯 고개를 끄덕였다.

난주에서 가장 역사가 깊고 유명한 화월각의 문을 지키는 춘정 입장에서는 관치의 행동이 어이가 없었지만, 어떤 사람도 겉모습만으로 평가하지 말라는 총관의 교육을 받아왔기에 기분이 상하는 일이 있더라도 내색하지 않을 정도의 능력은 지니고 있었다.

미란과 민영은 화월각이란 객잔이 다른 곳과는 분위기가 다르다 생각했는지 조금은 긴장한 표정을 짓고 있었다.

 난데없이 난주 최대의 객잔에 찾아와 창고를 쓰겠다는 관치의 행동도 이해하기 어려웠지만, 일단 기다려 보라는 점소이의 행동 역시 미심쩍었던 것이다.

 "안 된다고 하면 어쩌실 거예요? 난주엔 아는 사람도 없는데……."

 미란은 걱정스런 눈빛으로 관치를 바라보았다.

 "없으면 만들면 된다. 그런 걱정할 시간이 있으면 기억력 훈련이나 계속해."

 관치는 난주로 향하는 동안 걷는 법을 가르치면서, 갑자기 필요한 능력이 있다며 공간과 사물을 단번에 기억해내는 연습을 시키기 시작했다.

 연준하는 정말 할 짓도 없다며 무시해버렸지만, 미란과 민영은 관치가 운영하게 될 흥신소의 직원이 되겠다고 했기에 일단 시키면 하고는 봐야 했다.

 "민영이 먼저 말해봐."

 "화월각의 별채나 내원은 확인해보지 않아 알 수 없지만, 주춧돌의 간격과 연결된 구조를 보면 모두 마흔여덟 개의 기둥이 쓰였어요. 기둥 사이의 거리를 계산한 상태에서 내부를 보니, 본래 있어야 할 공간 몇 개가 빠진 상태입니다. 아마도 화월각에서 비밀리에 사용하는 공간일 겁니다. 건물은 사 층 구조지만, 일 층과 이 층은 경계가 모호합니다. 중앙이 비어 있고, 삼 층으로 올라가는 계단이 두 갈래입니다. 층이 높아질수록 공간이 좁아지고 있는데, 이것 역시 보이지 않는 공간이 더 늘어났다는 증거입니다."

민영은 구조적 측면에서 확인한 화월각에 대해서 이야기했다.

"미란은?"

"저도 민영과 같아요. 한 가지 더 말하자면, 이곳의 점소이들은 걷는 법이 보통의 무림인들보다 더 안정적이군요. 걷는 법이 안정되어 있다는 말은 저들이 경공의 고수이거나 소장님처럼 바르게 걷는 법을 익혔다고 봐야겠죠. 하지만 중요한 것은 그런 자들이 점소이를 하고 있는 객잔이라면 결코 음식과 술이나 파는 곳은 아니란 생각이 듭니다."

"이곳은 음식과 술이 아니라 술과 여자를 파는 곳이다."

"네?"

"그럴 리가요. 그럼 이곳이 홍루란 말인가요?"

미란과 민영은 아무리 봐도 그런 분위기는 찾을 수가 없다며 주변을 둘러보았다.

"이곳에 자리를 잡게 되면 하나씩 알게 될 거야. 그리고 두 사람이 경험하게 될지도 모르는 직업이고."

"……"

"……"

미란과 민영은 홍루에서 일하게 될지도 모른다는 관치의 말에 입을 다물어버렸다.

아무리 몰락한 가문의 자손들이라곤 하지만 최소한의 자존심은 지키고 싶었고, 또 그렇게 해야만 했다.

"무슨 생각들을 하기에 그런 표정들이야."

"절대로!"

"기녀는!"

"안 하겠다고?"

두 사람은 관치의 대답에 동시에 고개를 끄덕였다.

"뭐, 하기 싫다는 사람을 억지로 시킬 생각은 없으니 너무 걱정하지 마. 그럼 점소이라도 해. 일단 밥은 먹고 살아야 할 테니까."

"홍신소를 하면 되잖아요."

"물론이지."

"그런데 왜 점소이니, 기녀니 하는 일들을 하라는 거죠?"

미란과 민영은 그것만큼은 못하겠다는 듯 단호한 표정을 지었다.

"홍신업이 정확히 뭐 하는 일인지는 알고 하겠다는 거야?"

"그거야 사마 어르신처럼……."

"어르신처럼 뭐?"

"사람들도 도와주고……."

미란의 입에서 사람들을 돕는다는 말이 나오자 관치는 어이없다는 듯 웃어버렸다.

"난 자선사업이나 하자고 제일흥신소를 이어가는 게 아니야."

"사람들을 돕고자 사마 어르신의 뜻에 따른 게 아니란 말인가요?"

"당연히 따르고 있지."

"그럼 사람을 도와야죠!"

민영은 미란보다 더 흥분한 얼굴로 협객이 되어야 한다는 말까지 꺼내놓았다.

"그런 정신 상태로 일을 할 생각이었다면 지금이라도 그만둬."

관치는 그렇게는 할 수 없다며 고개를 저어버렸다.

"그게 무슨 말씀이세요?"

"말했지? 난 자선사업을 하려는 게 아니라고. 사람을 돕는 일은 어렵지 않아. 하지만 도움을 받은 사람이 그만큼의 고마움을 느낄까?"

관치는 이상과 현실의 경계를 이해하지 못하는 민영에게 질문을 던졌다.

"당연히 고마움을 느끼겠죠."

"얼마나 느낄까?"

"그걸 꼭 얼마나 느낀다고 해야 할 수 있는 것은 아니잖아요."

"아니지. 남에게 의지하는 게 당연하다 생각하는 사람들은 언제든 문제가 생기면 도움을 받을 준비부터 하게 되지."

"그건……."

"그래서 누군가에게 도움을 받는 것이 얼마나 괴로운 일인지, 또 얼마나 고된 일인지 깨달아야 자신이 받은 도움이 얼마나 큰 것인지도 알게 되는 법이다."

도움을 주기 위해서라면, 또 도움을 받고 싶은 사람이 있다면 그에 상응한 대가를 치러야 한다는 관치의 말에 이번엔 민영이 입을 열었다.

"관치 님은 그걸 어떻게 가늠한다는 거죠?"

"간단하잖아."

"네?"

"돈."

"뭐라고요?"

"돈이라고 했다. 값어치를 매기는 데 있어서 돈만큼 효율적이고, 정확한 게 어디 있냔 말이다. 난 일을 시작하면 그 일의 값어치에 맞는 비용을 제시하지 않는 한 움직이지 않을 생각이다. 당연히 자리를 잡고 인정을 받을 때까진 수입이 없을 것이고, 그 와중에 굶어 죽을 수는 없으니 일을 하라는 것이다. 물론 언제든 일이 생기면 움직일 수 있는 가까운 곳에서."

미란과 민영은 관치의 새로운 가치와 관념에 살짝 질린 표정을 지었다.

"너희들도 마찬가지야. 그동안 헐값에 사람을 부려 먹다 보니 말만 하면 모든 게 다 되는 걸로 착각하는 것 같은데, 그런 생각은 버리는 게 좋을 거야. 자칫하다간 청루에 팔려 갈 수도 있으니까."

미란은 청루를 언급하는 관치의 말에 얼굴빛이 핼쑥해졌다.

"고모, 청루가 뭐죠?"

기녀들이 있다는 홍루는 들어본 적이 있었지만, 청루는 어떤 곳인지 한 번도 들어보지 못한 민영이었다.

"으응?"

"청루가 뭐 하는 곳인데 사람을 팔고 사고 하냐고요!"

"청루는 더 이상 갈 곳이 없는 사람들이나, 더 이상 망가질 방법이 없는 사람들이 모이는 가장 어두우면서 가장 화려한 세상을 뜻합니다."

"누구?"

민영은 자신의 질문에 다른 이가 대답하자 목소리가 들린 쪽으로 고개를 돌렸다.

"화월각의 총관 미봉이라고 합니다. 뒤뜰에 창고를 임대하겠다는 분이 누구신지요?"

"내가 말했소."

미봉은 관치의 말에 고개를 끄덕이더니 다시 입을 열었다.

"각주께서 뵙고자 합니다."

"그렇게 합시다."

 관치가 각주를 만나기 위해 몸을 일으키자 미란과 민영도 따라서 일어났다.

"두 분은 이곳에서 기다리시면 됩니다."

 총관은 가볍게 고개를 저으며 각주를 만나는 것은 관치 한 명임을 명시했다.

"기다리고 있어. 금방 다녀올 테니까."

 사천에서부터 관치와 한 번도 떨어져 본 적이 없던 두 사람은 그가 총관을 따라 모습을 감춰버리자 마음이 불안해졌다.

 외딴곳에 홀로 버려진 느낌. 미란과 민영은 관치와 잠시 떨어져 있는 것조차도 싫다는 생각이 들자, 엉뚱하게도 각자 스스로가 그와 상당히 많이 가까워졌다는 느낌을 받았다.

"각주님, 모셔왔습니다."

"들어오세요."

 각주라기에 상당히 나이가 많을 줄 알았는데 젊은 여자의 목소리가 흘러나오자 관치는 의외라는 생각이 들었다. 이 정도 규모의 객잔을 운영하려면 얼마나 많은 시간과 심력이 투자되는지 알고 있기 때문이다.

사천에 있던 우성각은 규모 면에서 화월각과 비교가 되지 않을 정도로 작았지만, 그 객점 하나를 운영하는 데도 10명이 넘는 인원을 동원하고, 하나하나 챙겨야 겨우 안정적으로 돌아갔기 때문이다.

"들어가시죠. 저는 여기까지입니다."

총관 미봉은 관치에게 간단히 인사를 건네더니 돌아가 버렸다.

"안 들어오실 건가요?"

"들어가는 중이오."

잠시 뭔가를 고민하던 관치는 결심이 섰는지 각주실 안으로 걸음을 옮겼다.

◈　　◈　　◈

"화월각이라면 난주뿐 아니라 감숙 전체를 통틀어 이야기한다고 해도 최고로 꼽히는 곳 아닙니까."

표두 진하석이 정말 난주에 있는 그 화월각이 맞느냐는 듯 질문을 던졌다.

"그렇습니다. 워낙 역사가 깊은 곳이라 감숙의 객잔은 화월각에서 시작되었다 할 정도로 유명하죠."

"그런데 그곳의 각주가 정말 여자라는 게 사실입니까? 종종 떠도는 풍문에 그런 이야기를 듣기는 했지만……."

한때 세상에 흘러 다니던 소문 중에 무림인들은 물론이고, 일반인들의 마음까지 설레게 했던 것이 하나 있었다.

중원에서 가장 돈이 많다고 소문난 화월각주가 신랑감을 찾고 있다는 소문이었다.

몇몇 사람들은 화월각주가 어떤 자린데 여자가, 그것도 아직 혼례도 치르지 않은 여자가 화월각을 운영하겠냐는 말을 하기도 했지만, 신빙성 있는 소식에 따르면 대대로 화월각의 주인은 남자가 아닌 여자였다는 말이 흘러나와 중원 전역의 사내들에게 폭풍을 몰고 왔던 적이 있었다.

"화월각주가 신랑감을 찾는다는 말에 한동안 중원 전역이 몸살을 앓은 적이 있었죠."

"그래요?"

관치는 처음 듣는다는 듯 고개를 갸웃거렸다.

"아니, 그게 얼마나 유명한 사건인데 모른다는 겁니까?"

진하석은 이야기 속의 객잔이 정말 난주에 있는 바로 그 화월각이라면, 그리고 관치가 정말 각주를 직접 만났다면 그 사실을 모를 수가 없다고 했다.

"그게… 제가 한동안 중원에 있지를 않았던 터라……."

"그것 봐. 내가 말했잖아. 저 관치라는 놈, 처음부터 다 거짓말인 줄 알고 있었다니까. 중원 사람이 아니라면 모를까, 어떻게 그 사건을 모를 수가 있냐고."

역시나 이번에도 관치의 이야기에 사사건건 시비를 걸던

그 쟁자수가 먼저 입을 열었다.

"이걸 어떻게 설명해야 하나……."

"설명은 무슨. 그리고 자기가 무슨 대단한 사람이라도 된 것처럼 계속 이야기하는데 솔직히 듣기가 거북해. 모두 보라고. 아무리 좋게 봐주려 해도 거의 거지 몰골 아닌가. 그런데 이런 자가 화산검협을 아이 대하듯 하고, 무림제일화는 관치 때문에 죽고 못 사는 데다, 악녀라 소문난 당미란까지 매달리다니 아무리 백번 양보해준다고 해도 말이 되질 않아. 거기다 이젠 뭐라고? 화월각의 각주와 직접 만나봤다고? 난주의 화월각이 얼마나 유명한지 잘 알고 있다는 사람이, 직접 각주까지 만났다는 당사자가 이 년 전 중원을 발칵 뒤집어놓은 신랑감 물색 사건은 이에 알지도 못한다니 말이 되냐고. 어지간하면 지루한 시간이라도 때워볼까 버티고 있었지만 더 이상은 못 들어주겠다."

언뜻 관치와 비슷한 연배거나 몇 살 더 많이 보이는 그 쟁자수를 향해 관치가 입을 열었다. 지금껏 그 쟁자수가 시비를 걸 때마다 웃으며 넘어갔지만, 이번에는 못 참겠다는 듯 관치의 음성이 거칠게 변했다.

"빌어먹을! 내 이야기가 듣기 싫으면 귀에 말뚝이라도 박든지! 당신 같은 인간 때문에 그나마 재미있게 듣는 사람들까지 피해를 보잖아!"

"뭐, 뭐야?"

사내는 관치의 거침없는 말투에 얼굴이 빨갛게 달아올랐다. 평소에도 지기 싫어하는 성격 때문에 사건을 많이 일으키던 사내였는데 하필이면 이번 표행에 관련된 사람들이 모두 모인 곳에서, 그것도 아미파의 여검객 지운이 빤히 쳐다보고 있는 와중에 창피를 당한 것이다.

 물론 다른 쟁자수들은 물론이고, 표사들이나 진하석까지 그가 그런 부분까지 신경을 써야 하는 입장이 아니라고 생각했지만, 당사자 입장에서는 아리따운 아가씨 앞에서 창피를 당했다 생각하니 그냥 넘어갈 수가 없었.

 "뭐긴 뭐야? 상대의 말은 들으려고도 하지 않고 말끝마다 시비나 거는 네놈에게 하는 말이지!"

 "이런 썅!"

 쟁자수 사내는 더는 못 참겠다는 듯 관치를 향해 바로 몸을 날렸다. 한주먹도 안 될 자가 힘으로 먹고사는 자신에게 도전을 해온 것이다. 그렇지 않아도 배알이 꼴려 기회가 되면 손을 봐줄 생각이었는데, 그 기회가 눈앞에 왔으니 물러설 이유가 없었다.

 "다시는 입을 열지 못하도록 이빨을 다 뽑아버릴 테다!"

제11장. 각주구검(刻舟求劒)

각주구검(刻舟求劒)

-판단력이 둔하여 세상일에 어둡고 어리석다는 뜻

"황중, 멈춰라!"

주먹을 움켜쥐고 벌떡 몸을 일으켰던 쟁자수는 표두 진하석의 외침에 몸을 움찔거렸다.

막상 성질을 못 이겨 흥분하기는 했지만, 진하석의 목소리를 듣는 순간 '아차' 하는 심정이 되었다.

아무리 관치가 잘못을 하고 엉뚱한 말을 늘어놨다고 해도 자신이 나설 자리는 아니었음을 망각한 것이다. 평소 같으면 아무리 천둥 번개가 치고, 돌개바람이 불어왔다 해도 표두의 막사에 들어올 일이 없음을 잊었던 것이다.

그깃도 관치는 성질 디럽기로 유명힌 표두 진하석미지 말을 높이고 있는 상황이 아닌가.

"표, 표두님."

쟁자수 황중은 일이 더럽게 되었다는 생각이 들었다.

"네놈이 죽고 싶은 것이냐? 감히 나와 표사들이 있는 자리에서 경거망동을 하다니!"

"잘못했습니다. 한 번만 용서해주십시오!"

황중은 언제 흥분했냐는 듯 넙죽 엎드리더니 진하석을 향해 용서를 빌었다.

'빌어먹을! 이 모든 게 저 관치라는 놈 때문인데……'

"이야기를 듣고자 청한 것은 네놈이 아니라 바로 나 진하석이다. 다시 말해 저 사람은 내 손님이라는 뜻이다."

"죽을죄를 지었습니다. 소인이 미처 생각지를 못하고……"

'젠장할! 관치 이놈! 죽산에서 헤어지고 나면 가만두지 않을 테다!'

황중은 진하석에게 연방 고개를 조아리면서도 관치에 대한 화를 삭이지 않았다. 오히려 이 상황이 관치 때문에 일어난 것이라 생각하니 더욱 열불이 치솟고, 어떻게든 복수를 하고 말 것이라는 맹세만 하게 만들었다.

배운 건 없고 먹고는 살아야겠기에 시작한 쟁자수 일이었지만, 자신도 과거에는 주먹깨나 쓰면서 거리를 휘젓고 다니던 사람이었다.

물론 무공을 익혀 표사들처럼 되고 싶은 욕심에 표국에 들어오긴 했지만, 표국은 무공을 가르쳐 주는 무관이 아니라

일에 합당한 사람을 채용하여 부리는 곳이었다.

자신의 생각대로 되는 일이 없어 속이 많이 상하긴 했지만, 언제고 무공을 익히게 되면 꼭 표사가 될 것이라는 생각에 일이 힘들고 고되어도 꾹 참고 지내오던 황중이었다.

그런데 자신과 나이도 비슷해 보이고, 가진 것도 없어 보이는 관치가 표두와 표사들의 관심을 받으며 손님 대접을 받자 은근히 배알이 꼴린 게 문제였다.

"죄송합니다. 본래 배운 게 없고 무식한 자라 앞뒤 가리지 않고 말을 뱉었습니다."

진하석은 황중 대신에 사과를 하며 관치의 용서를 구했다. 물론 그런 진하석의 태도나 어투는 평소 모습을 떠올려 보건대 있을 수도 없고, 있어서도 안 되는 일이었다.

표사들은 물론이고, 쟁자수들은 '우리가 보고 있는 진하석이 그 진하석 맞아?' 하는 얼굴이 되었다.

"아닙니다. 이야기라는 게 듣는 사람에 따라서 받아들이는 것도 달라지는 법이지 않습니까. 표두님만 괜찮다면 그냥 이대로 넘어가는 게 좋겠습니다."

"그렇게 말씀을 해주시니 감사할 따름입니다. 황중은 이야기를 듣는 데 방해만 될 것 같은데 내보내도록 하겠습니다."

"아! 그럴 필요까지 있겠습니까? 쟁자수들 막사는 사람도 없어 한기가 많을 텐데 그냥 이곳에 있도록 하시죠."

"아닙니다. 말씀대로 다른 사람들이 이야기를 즐기는 데 방해가 될 수도 있으니……."
"설마 계속해서 방해를 하겠습니까. 그냥 없었던 일로 하겠습니다."
진하석은 연방 괜찮다고 말하는 관치의 태도에 더 이상 고집을 피우지 않았다.
"황중, 운이 좋은 줄 알아라."
"감사합니다. 감사합니다."
황중은 진하석과 관치를 향해 머리를 조아리며 막사 끝부분으로 급히 자리를 옮겼다.
관치는 황중이라는 자의 표정에 '두고 보자!'는 뜻이 가득한 것을 보면서도 신경 쓰지 않겠다는 듯 다시 이야기를 시작했다.
"잠시 이야기가 끊어졌습니다만 다시 시작해야죠. 그런데 엉뚱한 일로 딴눈을 팔다 보니 제가 어디까지 이야기를 했었는지 기억이 나지를 않는데……."
"화월각주를 만나기 위해 각주의 방 안으로 들어가는 부분에서 이야기가 끊어졌네."
나이 지긋한 표사가 냉큼 지적해주었다.
"아! 그랬었죠. 그럼 다시 시작하겠습니다. 화월각주가 돈이 많다고 하더니 확실히 그 말은 사실인 것 같았습니다. 방에 들어간 순간 저도 모르게 주눅이 들어서……."

◈ ◈ ◈

 관치는 화월각 각주의 방에 들어가는 순간 집무실의 규모나 장식에 자신도 모르게 위축감을 느꼈다.
 보통 잘사는 사람은 이 정도는 하고 살겠지 하는 상상 속의 호화로움도 화월각주의 집무실과는 비교도 되지 않겠다는 생각이 든 것이다.
 "당신이 뒤뜰에 있는 창고를 쓰겠단 사람인가요?"
 화월각주는 사람이 들어왔음에도 책상에 놓인 서류들에서 눈을 떼지 않았다.
 '사람이 들어왔는데도 보지 않는다는 것은 그럴 가치도 없다는 의미거나 그럴 여유마저 없다는 뜻인가?'
 관치는 각주의 질문에 답할 생각은 하지 않고 엉뚱한 생각을 먼저 해버렸다.
 화월각주는 자신의 질문에는 답하지 않는 관치의 태도에 살짝 목소리가 높아졌다.
 "자신이 누구를 만나고 있는지 인식을 못하는 것 같군요!"
 "아, 미안하오."
 관치는 화월각주가 고개를 들고 자신을 바라보고 있음을 확인하자 사과를 했다. 그러나 각주 입장에서는 관치의 사과가 그다지 와 닿지 않은 모양이었다.
 "그것도 사과라고 하는 건가요?"

"사과가 부족하오? 그럼 다시 하리다. 잠시 다른 생각이 들어 미처 말을 듣지 못했소. 미안하오."

말을 하면서도 연방 붓을 놀리고 있던 화월각주가 관치의 두 번째 사과에 손놀림을 멈췄다.

"예의가 없는 분이군요."

"왜 예의가 없다고 생각하는지 이야기해줄 수 있겠소?"

화월각주는 오히려 '내가 뭘?' 이라고 되묻는 관치의 태도에 미간을 찡그렸다.

"임대를 하겠다고 한 것은 당신 아니었나요?"

"물론이오. 그래서 이렇게 오지 않았소."

"당신은 임대를 받을 생각이 없군요."

화월각주는 임대를 받을 생각이라면 이런 식으로 대화를 나눌 이유가 없다는 듯 관치를 바라보았다.

"아니요. 난 꼭 화월각 뒤뜰에 있는 창고를 임대해야만 하오."

관치는 자신을 바라보는 화월각주를 뚫어지게 쳐다봤.

'이 사내… 왜 이렇게 당당하지?'

화월각주 묵진설의 눈가에 이 상황을 어떻게 받아들여야 할지 모르겠다는 표정이 드러났다.

위명이 쟁쟁한 이들도 자신 앞에 서면 조심하기가 일쑤였고, 일파의 장문인이라고 해도 필요에 따라서는 고개를 숙이게 만들 수 있는 사람이 바로 자신이었다.

"임대를 해주시오."

"당신은 임대를 받을 수 없을 것 같군요."

묵진설은 상대가 예의를 갖추고 정당한 이유를 댄다고 해도 뒤뜰의 창고, 아니 별채를 임대해줄 생각이 없었다. 단지 뒤뜰에 창고를 임대하고 싶다는 사람이 있다는 말에 호기심이 들었을 뿐이었다.

"이유를 알 수 있겠소?"

"뒤뜰엔 창고가 없으니 임대를 하고 싶어도 불가능하군요."

"창고가 없다면 무엇이 있소? 분명히 그곳에 임대를 할 만한 건물이 있다고 알고 있는데."

묵진설은 분명히 임대를 할 만한 건물이 있음을 알고 있다는 말에 또다시 의아한 표정이 되었다.

뒤뜰에 별채가 있다는 것을 알 만한 사람은 다 알고 있었다. 그러나 그곳에 임대할 건물이 있다는 것을 아는 사람은 극히 소수였고, 그 소수 역시 그곳은 임대가 되지 않는 곳임을 알고 있는 상태였다.

'분명히 알고 왔다고?'

묵진설은 무조건 임대를 받아야 한다고 억지를 부리는 눈앞의 사내가 누구인지, 또 무슨 목적을 가지고 임대를 받겠다는 것인지 알고 싶어졌다.

"당신은 누구인가요?"

"난 관치라고 하오."

"관치라. 처음 듣는 이름이군요."

"그럴 것이오."

처음 듣는 이름이라는 말에 당연하다는 듯 고개를 끄덕이는 관치. 묵진설은 그런 그의 모습에 언짢은 기분이 들었다.

"뭘 믿고 그렇게 뻔뻔한지 모르겠지만 행동을 조심하는 게 좋을 겁니다."

"조심이라. 그렇지 않으면 무림인들이 밥 먹듯 하는 말을 당신도 하겠다는 뜻이오?"

"밥 먹듯 하는 말이라니. 그건 또 무슨 말이죠?"

"아니, 화월각의 주인이라는 사람이 그 정도 상식도 모른단 말이오?"

관치는 정말 몰라서 묻느냐며 묵진설의 얼굴을 빤히 쳐다보았다.

묵진설은 지금껏 살아오면서 누군가 자신의 얼굴을 빤히 쳐다본 적도, 또 그런 상황을 넋 놓고 좌시한 적도 없었다. 그런데 '농담은 그만 합시다.'라는 눈빛으로 자신을 바라보는 관치의 모습에는 어떤 제재도 가할 방법이 없다는 생각이 들자 황당하기도 하고, 어이없기도 했다.

"진정 죽고 싶은 겁니까?"

"아하하하하!"

묵진설은 죽고 싶으냐는 말에 대소를 터트리는 관치를 보며 눈살을 찡그렸다.

'뭐 이런 자가 다 있어?'

묵진설은 껄껄거리며 웃음을 보이는 관치의 모습에 점점 심기가 불편해지기 시작했다.

"바로 그것이오. 그러고 보니 화월각의 각주도 무림인이었나 보군. 미처 몰라봐서 미안하오."

'설마 죽고 싶으냐는 말이······.'

묵진설은 무림인들이 밥 먹듯 한다는 말이 어떤 말인지 알게 되자 허탈하기도 하고, 웃기기도 했다. 듣고 보니 틀린 말도 아닌 것이다.

"말장난은 그만 하죠. 임대를 하고자 한다면 다른 곳도 많으니 이만 나가주세요. 당신과는 더 이상 할 말이 없을 것 같군요."

묵진설은 그 말을 끝으로 우측 벽에 달려 있는 줄을 잡아당기려 했다.

"나가라고 하면 내 발로 나갈 것이니, 괜히 사람들 불러서 피곤하게 만들지 마시오."

"당신은 스스로 겁이 없다고 생각하는군요."

"무슨 서운한 말을. 나는 겁이 많은 사람이오."

"······."

"임대를 해주시오."

잠시 할 말을 잃은 묵진설에게 다시 관치의 요구가 흘러나왔다.

"당신이 말하는 그 장소는 화월각에 속해 있으나 화월각의 것이 아닙니다. 설사 임대를 해주고 싶은 사람이 있어도 불가능한 곳이니 그만 돌아가 주세요. 계속 고집을 부린다면 오늘 이곳에 나타난 것을 후회하게 될 겁니다."

묵진설은 최후의 통첩이라며 마지막 경고를 날렸지만, 관치는 그녀의 말에 아랑곳하지 않고 다시 입을 열었다.

"그러니까 권한도 없는 사람이 권한이 있는 것처럼 그렇게 행동을 했다는 뜻이군요. 흠… 이걸 어쩐다. 난 꼭 그 장소가 필요한데. 혹시 그곳을 소유한 사람이 누구인지 그것을 알 수 있겠소? 당신이 어렵다면 당사자를 찾아가 부탁을 해 보리다."

묵진설은 관치의 억지 섞인 말을 더 이상 들어줄 수 없다는 듯 바로 줄을 당겨 버렸다. 그러자 한눈에 봐도 무시무시한 기운을 풍기는 도객(刀客) 2명이 나타나 관치의 팔을 움켜쥐었다.

"이것 보시오, 각주, 그곳의 주인이라는 사람에게 이야기해달라는 것도 아니고 내가 직접 이야기를 하겠다는데 너무 하는 것 아니오?"

관치는 귀찮다는 듯 손짓하는 묵진설의 모습에 이대론 나갈 수 없다는 듯 몸부림쳤다.

"난 그곳이 꼭 필요하단 말이오! 혹 돈 때문에 그런 것이라면 내 흥신소가 자리를 잡는 대로 갚아줄 것이니……."

"잠깐!"

관치를 문밖으로 끌고 나가던 도객들은 묵진설의 입에서 멈추란 소리가 나오자, 언제 그랬냐는 듯 관치를 다시 안으로 데리고 들어왔다.

"지금 뭐라고 했죠? 다시 이야기해봐요."

"이곳 화월각에 흥신소를 하나 차리겠다고 했소."

"그게 무슨 말이죠? 왜 그런 일을 화월각 안에서?"

"말하자면 사연이 길지만 짧게 하리다. 사천에 제일흥신소를 운영하시는 사마건이라는 분이 나에게 그 흥신소를 물려주셨소. 그런데 사천 땅에서는 일을 할 수가 없어 이곳 난주까지 왔는데, 듣자하니 과거에도 이곳에 흥신소가 있었다고……."

"그 사람을 놔주세요."

"존명!"

묵진설의 명령에 2명의 도객은 허리를 숙여 보이곤 다시 밖으로 나가버렸다.

"방금 사마건이라고 했나요?"

"그랬소."

"그분과는 무슨 관계죠?"

"그분?"

관치는 묵진설의 입에서 그분이라는 호칭이 나오자 오히

려 의아한 표정을 지었다.

"사천 제일흥신소 소장님과 각주는 무슨 관계요?"

"질문은 내 쪽에서 먼저 했다는 걸 잊지 마세요."

"각주의 질문에 내가 꼭 대답해야 한다고 생각지도 말았으면 좋겠소."

"……"

묵진설은 자신을 찾아와 귀찮게 하는 관치라는 사내가 뭔가 숨기고 있다는 것을 알아챘다.

'뭐지? 사마 어르신이 흥신소를 물려줬다고? 그럴 리가 없는데……'

묵진설은 아무리 생각해도 이해가 되지 않자 이번에는 관치를 달래듯 말을 꺼냈다.

"제가 시운하게 했다면 미안해요. 하지만 사마 어르신이 당신 같은 사람에게 흥신소를 물려줬다는 말은 신빙성 있게 들리질 않는군요."

"나 같은 사람은 흥신소를 물려받으면 안 된다는 뜻이오?"

"아니요. 그런 의미는 아니었어요. 단지 제일흥신소는 그렇게 떡 나눠 먹듯 물려주고 물려받을 수 있는 곳이 아니라는 뜻이죠."

'뭐라고 해야 뒤뜰의 별채도 얻어내고, 내 정체를 감출 수 있을까.'

관치는 자신과 사마건의 관계, 그리고 자신이 누구의 아들인지 말한다면 일이 쉽게 풀릴 것이라는 사실을 알고 있었다. 그러나 그렇게 되는 순간 원치 않는 사람들에게 자신의 정보가 들어갈 것이고, 그것은 차후 자유롭게 일을 하는 데 심각한 걸림돌이 될 수도 있었다.

'아예 비밀 유지 요청이라도 해야 하나?'

묵진설은 관치가 잠시 고민하는 표정이 되자, 이번에는 느긋한 표정으로 그를 살펴보기 시작했다.

처음에는 뒤뜰에 임대를 받고 싶다는 말을 했다기에 호기심 차원에서 보고자 한 것이지만, 사천 제일흥신소의 사마어르신과 관계가 있는 사람이라면 충분히 그런 요구를 할 수도 있다는 생각이 들었다.

그러나 아무런 정보도 없는 처음 보는 자에게 무턱대고 별채를 내줄 수도 없는 일이었다.

"왜요? 밝힐 수 없는 비밀이라도 있는 건가요?"

"뭐, 비밀이라면 비밀이고, 아니라면 아닐 수도 있지만."

"좋아요. 지금부터 하는 이야기는 둘만의 비밀로 해두죠. 화월각주의 이름을 걸겠어요."

묵진설은 각주의 이름까지 걸며 관치와 사마건의 관계를 알고 싶어 했다. 물론 각주의 이름을 걸었다고 해서 그것을 지킬 생각은 전혀 없었다.

"흠… 그렇게까지 이야기를 한다면야……."

관치는 묵진설이 자신의 이름을 걸고 비밀을 엄수하겠단

말을 꺼내자 '그 정도라면.' 이라는 표정을 지으며 다시 입을 열었다.

"난 사마 소장님의 비밀 제자였소."

"비밀 제자?"

묵진설은 금시초문이라는 듯 의심스런 눈빛을 지우지 못했다.

"물론 세상엔 별로 알려지지 않아 모를 수도 있겠지만."

"모를 수 없는 일이에요. 사마 어르신이 당신 같은 제자를 키우고 있었다면 내가 모를 리가 없단 뜻이죠."

'뭐야? 숙부님과 화월각주가 이렇게 가까운 사이였나?'

과거 화월각과 제일흥신소의 관계가 특이하다 할 정도로 가까웠다는 것은 기록을 통해 알고 있었지만, 그것은 어디까지나 사마건이 살수 일을 하고 있을 때였다.

다시 말해 사마건이 해결사로 전업을 하기 전 일이라 화월각, 아니 흑점의 주인이라 할 수 있는 각주와 그렇게 큰 인연을 맺을 만한 일이 없었다는 뜻이다.

'혹시 내가 이십 년간 자리를 비운 사이 관계에 급격한 진전이라도 있었던 건가? 그래. 그럴 수도 있겠다. 결코 짧은 기간이 아니니.'

관치는 자신이 알고 있는 기록은 아주 오래전 기록임을 인지했다.

'어차피 집안에 소식이 들어가는 것은 피할 수 없으니, 아

예 솔직히 말하고 도움을 청하는 게 더 좋을 수도 있겠다.'

관치는 어설프게 숨기려다 뒤통수를 맞느니, 아예 대놓고 도움을 청하는 게 더 확실한 방법이라는 생각이 들었다.

"사마 소장님과 나의 관계는."

"관계는?"

"숙부와 조카의 관계요."

"조카?"

묵진설은 더욱 믿을 수 없다는 눈빛이 되었다. 사천 제일 흥신소 사마건에게 무슨 조카가 있단 말인가.

'전혀 없는 건 아니지만……'

곰곰이 생각해보던 묵진설은 사마건이 무척이나 아끼고 예뻐하는 조카들이 2명 정도 있다는 것을 떠올렸다.

'하지만 들었던 이야기와는 너무 차이가 심한데……. 나이도 맞지 않는 것 같고.'

"알고 있을지 모르겠지만, 숙부님에겐 세 명의 조카가 있소."

"네? 두 명이 아닌가요?"

묵진설은 조카가 3명이라는 관치의 말에 바로 반문했다.

"물론 알려지기는 그렇겠지만 사실은 둘이 아니라 셋이오."

"그럴 리가 없어요. 분명히… 서, 설마!"

묵진설은 말을 하다 말고 표정이 딱딱하게 굳어졌다.

"각주가 생각하는 그 설마가 정확할 것이오."

"관치… 관치? 아! 이십삼 년 전 실종되었던!"

묵진설은 관치의 이름을 몇 번 되새기다가 이제야 기억이 났는지 경악에 가까운 표정이 되었다.

"그렇소. 내가 바로 그 실종되었던 관치라는 조카요."

"말도 안 돼! 그 오라버니는 분명히 죽었다고……."

"죽었다고 알려지고, 또 그렇게 잊혔다는 말이 정확할 것이오. 그리고 내 기억이 정확하다면 각주의 이름은 아마도 진설일 것이고."

묵진설은 자신의 이름까지 정확히 말하는 관치로 인해 한동안 말문을 잇지 못했다.

"내가 집을 나가기 한 달 전에 묵 숙부가 여자 아이 하나를 데리고 왔었는데, 그때 각주의 나이가 다섯 살이었던가? 아무튼 그쯤 되었던 것으로 기억하는데."

"……."

묵진설은 계속되는 관치의 말에 뭐라고 대답해야 할지 모르겠다는 표정만 지을 뿐이었다.

"어떻게… 그동안 소식 한 번도 없이……."

"살다 보니……."

"그게 말이 돼요! 얼마나 오라버니를 찾아다녔는지 알기나 하냐고요!"

"그래서 말하기가 좀… 그랬소."

"이 나쁜 자식아!"

묵진설은 23년 만에 모습을 드러낸 자신의 정혼자에게 얼굴이 빨개지도록 목청을 높이며 소리를 질러버렸다.

◉　◉　◉

"어억!"
"말도 안 돼!"
"이건 억지야! 아무리 이야기라지만 너무 심하잖아!"
"그래. 아무리 설정이라고 해도 이건 좀 아니다."

화월각의 주인. 중원에서 가장 돈이 많다는 거부. 밤을 지배한다는 여제에게 정혼자가 있었다는 말은 솔직히 믿기 어려운 사실이었다.

"너무 심하게 흥분하시는 것 같습니다."

관치는 그럴 수도 있는 거지 뭘 그렇게 심각하게 받아들이느냐며 사람들을 바라보았다.

"관치 이 사람아, 지금 그게 그럴 수도 있는 일인가? 화월각주가 이 이야기를 들었다면 그녀를 그림자처럼 따라다닌 묵룡대의 도에 당장 목이 날아갔을 것이네."

"하시민 이야기가 그런 걸 어떻게 합니까. 거기다 관치 자신도 묵진설이 정혼자였다는 것은 전혀 모르는 일이었습니다. 솔직히 당황한 것은 묵진설보다 관치가 더하면 더했지,

덜하지 않았을 겁니다."

 관치는 묵진설에게 정혼자가 있다는 것보다, 그런 사실도 모르고 별채를 임대하겠다 찾아간 관치가 더 난감한 입장에 처했다며 상황을 진정시켰다.

 "아니, 그렇게 잘난 마누라감이 있다는 걸 알았다면 감사는 못할망정, 뭔 난처한 입장에 처했다는 건가?"

 "저 역시 그렇게 생각합니다. 능력 있는 안사람을 얻는다는 게 얼마나 힘든 일인지 정말 모르는 겁니까?"

 진하석 역시 이번 이야기는 너무했다는 듯 고개를 저어버렸다.

 "이것 참, 왜 이렇게 여자 이야기만 등장하면 심각하게 반응을 하는지 모르겠습니다. 사실 심각하게 반응을 해야 하는 부분은 정체불명의 적들 아닙니까? 그놈들이야말로 중원 무림에 문제를 일으킬 자들인데, 그놈들에게 더 신경을 써야죠."

 관치는 남녀 간의 자잘한 이야기보다 진짜 크고 중요한 부분에 집중을 해야 한다며, 화월각주와 관치의 정혼자 사건은 이쯤에서 관심을 끊어달라고 이야기했다.

 "그건 그거고, 이건 이거지. 그리고 지금 이야기에는 그놈들 코빼기도 안 비치잖아. 그렇다면 당연히 현재 진행형에 있는 화월각주와 관치의 관계가 더 중요한 거지!"

 잔뜩 흥분한 얼굴로 삿대질까지 해대는 표사들의 모습에

관치는 난감한 얼굴이 되었다.

"거기 아미파 여검객은 어찌 생각하십니까?"

관치는 대화를 다른 곳으로 돌려야겠다는 생각에 지운의 의견을 물었다.

아니나 다를까 여자와 관련된 이야기를 여자에게 질문하자, 사내들의 시선이 한곳으로 모이면서 소란이 잦아들었다.

"내……."

지운은 뭔가 말을 하려다 말고 이건 아니다 싶었는지 다시 입을 다물어버렸다. 그러자 진하석은 물론이고, 다른 이들까지 지운의 생각이 궁금하다며 연방 질문 공세를 퍼붓기 시작했다.

평소 사내들이란 진중하고 사소한 것에는 관심을 갖지 않는다 생각했던 지운은, 겨우 정혼자가 있었다는 말에 난리법석을 피우는 사내들을 보며 잠시 황당한 눈빛이 되었다.

그러나 이미 화월각주 정혼자 사건으로 파문이 인 사내들은 그녀의 눈빛은 가볍게 무시해버리며 어떻게든 대답을 듣고자 발버둥을 쳤다.

"그렇게 궁금하시다면… 이야기해보겠습니다."

지운이 더 이상 버티지 못하고 입을 열자, 사내들은 외침을 자제하며 초롱초롱 눈빛만 빛냈다.

모든 시선이 자신에게 집중되자 은근히 부담을 느낀 지운이었지만, 답변을 하지 않으면 이 사태가 끝날 것 같지 않았기에 결국 입을 열었다.

"이십 년 이상 연락이 끊긴 정혼자라면……."

"정혼자라면?"

"만약에 그게 제 입장이었다면……."

"입장이었다면!"

"당장 파혼을 해버렸을 것입니다. 생각해보니 정말 용서가 안 되는 인간이군요!"

지운은 더듬더듬 입을 여는가 싶더니, 결국에는 그녀 역시 화가 난다는 듯 언성을 높여 버렸다.

"그것 보라고! 아미파 여협께서도 우리와 같은 생각이라고 하시잖아!"

"그럴 줄 알았어. 그 어느 누구라도 이 이야기를 들었다면 화가 났을 거야. 세상에 정혼자를 버려두고 다른 여자가 좋다고 집을 나간 셈이니, 당사자 입장에서는 얼마나 어이가 없고 황당하고 화가 나겠냔 말이야. 거기다 정혼자가 살았는지 죽었는지 정확히 알지도 못하니, 다른 사내와 만나지도 못했을 것이고 말이지."

"내 말이 그 말이야. 내가 알기론 화월각주의 나이가 올해 스물아홉인가 되던데. 솔직히 여자 나이 스물아홉이면 애를 낳았어도 벌써 다섯은 낳았을 나이 아닌가. 그런데 그 나이가 되도록 사내 곁에 가볼 수조차 없었다니, 이것 참."

"혹시 재작년에 공개적으로 신랑감을 뽑는다는 그 일도 정혼자를 기다리다 지쳐서 선택한 방법이 아니었을까? 솔직히 이십년 이상 연락이 없었다면 실종이 아니라 죽었다고 봐야 하잖아."

"맞아. 더 이상 기다리는 것은 불가능했을 테니 그런 방법을 선택했을 수도 있었겠어. 아, 젠장! 그땐 화월각주가 가진 게 돈밖에 없어서 남자도 사려고 한다고 한바탕 욕을 해 댔는데, 이제 보니 진짜 죽일 놈은 따로 있었잖아."

표사 하나가 진짜 죽일 놈은 따로 있었다는 말을 하는 순간, 막사 안에 모여 있던 모든 사람들의 눈빛이 관치에게 몰려들었다.

"잠깐!"

관치는 이게 아니다 싶었는지 양손을 들어올리며 잠깐을 외쳤다.

"어디까지나 내 이야기는 이런저런 이야기를 엮어서 들려주는 것에 지나지 않는 것이라고 서로 말하지 않았습니까. 이야기는 그냥 이야기일 뿐인데 저에게 이러시면 안 되죠."

"쿵! 솔직히 이야기니까 이 정도로 화만 내는 거야. 만약 자네 이야기가 사실이었다면 오늘 여기에서 초상 치를 수도 있었어."

표사들은 칼자루까지 쉬어 보이며 '불쌍한 화월각주!'를 연방 외쳐 댔다.

각주구검(刻舟求劍) · 295

"이십 년이 넘어 모습을 나타낸 정혼자에게 화월각주는 어떤 반응을 보였는지 궁금하군요. 설마 이제라도 혼인을 해야 한다든가, 그런 진부한 설정으로 이야기가 흘러가지는 않겠죠?"

이번에는 어떤 일이 있어도 절대 이야기에 끼어들 것 같지 않았던 아미파의 지운까지 질문을 던졌다.

"그러니까… 그것이 말입니다."

관치는 지운이 말한 '진부한 설정'이라는 부분에서 뭔가 찔리는 구석이 있는지, 여러 사람들의 눈치를 보더니 다시 조심스럽게 이야기를 이어가기 시작했다.

"보통은 진부한 이야기가 더 일반적이고 사실적이라는 것만 알아주셨으면……. 그리고 아까 표사님 말 중에 정정할 것이 하나 있는데, 화월각주의 나이는 스물아홉이 아니라 스물여덟입니다. 험험!"

◈ ◈ ◈

관치는 버럭 소리를 지르며 자신의 멱살을 잡는 묵진설의 행동에 얼떨떨한 표정을 지었다.

"각주, 뭔가 오해가 있는 모양인데……."

"오해는 무슨 오해! 오늘 오라버니도 죽고 나도 죽는 거야!"

"무, 무슨!"

관치는 동반 자살이라는 말도 안 되는 소릴 해대는 묵진설에게서 급히 몸을 빼냈다.

"여자 인생을 망쳐 놓았을 땐 그 정도 각오는 했던 것 아냐?"

"내가 언제 각주 인생을 망쳐 놨다는 것이오?"

관치는 자다가 봉창을 두들겨도 유분수지, 말도 안 되는 소리라며 오히려 목청을 높였다.

"정말 몰라서 하는 소리야?"

"아니, 그럼 내가 알고도 이런단 말이오?"

"내 정혼자였잖아!"

"으헉!"

관치는 느닷없는 묵진설의 외침에 헛바람을 들이켰다.

"철이 들면서부터 오라버니에게 시집간다는 소리를 얼마나 들었는지 알아? 오라버니가 가출을 하기 전에 소가장에 갔던 것도 그 일 때문이라고!"

"……."

청천벽력 같은 묵진설의 말에 관치는 뭐라고 대답해야 할지 판단이 서지 않았다. 도대체 언제 자신에게 정혼자가 생겼다는 것인지 도무지 이해가 되지 않았기 때문이다.

"왜 말을 못해? 왜 말을 못하냐고!"

묵진설은 꿀 먹은 벙어리처럼 입만 뻥끗거리는 관치를 향해 계속 울분을 토해냈다.

"난 정말… 모르는 일인데……."

"엉엉! 이게 뭐야! 이십 년이 넘도록 기다렸는데, 정조 없는 여자란 소리 듣기 싫어서 이십 년이나 기다렸다고! 왜 이제야 나타난 거야!"

관치는 눈물을 뚝뚝 흘리면서 통곡을 하는 진설을 보며 어떻게 행동해야 할지 가늠할 수가 없었다.

"가, 각주."

"각주? 내가 남이야? 내가 남이냐고! 각주가 뭐야!"

"그럼 뭐라고……."

막상 진설이 자신의 정혼자였다고 해도 관치 입장에서는 이름을 부르기가 어려운 상황이었다.

"묵진설! 내 이름은 묵진설이야! 오라버니가 이십 년이 넘도록 버려 놓은 정혼자! 묵진설이라고!"

"그래… 묵진설……."

관치는 계속 눈물을 흘리며 울고 있는 진설의 어깨를 조심스럽게 잡아주었다. 그렇게라도 하지 않으면 뭔가 큰일이 일어날 것 같은 조짐이 들었기 때문이다.

'일단 울음이라도 그쳐야 자세한 이야기를 들어볼 수 있을 텐데……. 아, 진짜 미쳐 버리겠네. 도대체 언제 어떻게 어디서 내가 정혼자가 되어버린 거야!'

밖에서 이제나저제나 하는 마음으로 관치를 기다리던 미란과 민영 앞에 자신을 총관이라고 소개했던 미봉이 모습을 드러냈다.

"아, 소장님은?"

미란은 미봉이 모습을 나타내자 바로 관치의 소식을 물었다.

"일단 안으로 드시죠."

"네?"

미란은 관치의 소식은 알려 주지도 않고 일단 안으로 들어가자는 미봉의 말에 경계하는 모습을 보였다.

"그분은 각주님과 이야기가 길어질 것 같습니다."

'그분?'

미란과 민영은 총관 미봉이 '그분'이라는 호칭을 사용하자 동시에 얼굴빛이 변했다.

"총관님이 말씀하시는 그분이, 혹시 저희 소장님을 말씀하시는 겁니까?"

"아, 네. 물론입니다."

미란과 민영은 여전히 영문을 모르겠다는 듯 서로 눈빛을 나누더니 다시 질문을 던졌다.

"혹시 소장님과 각주님이 아는 사이신가요?"

"저도 자세한 사정은 모르지만, 아무래도 그런 것 같습니다. 밖에서 이야기를 나눌 부분은 아닌 듯한데, 안쪽에 숙소를 마련해두었으니 그쪽으로 자리를 옮기시죠."

미란은 잠시 고민하는가 싶더니 민영의 손을 잡고 총관의 뒤를 따랐다. 뭐가 어떻게 돌아가는지는 알 수 없었지만, 일단 밖에서 먹고 자는 일은 없을 듯 보인 것이다.

"이곳입니다."

"이곳은……?"

미란과 민영은 총관이 안내해준 장소를 확인하더니, '정말 이곳입니까?' 라는 표정이 되었다.

"그분이 임대하고 싶다고 하셨던 별채입니다."

"네? 창고가 아니고요?"

민영은 설마 하는 표정으로 다시 총관을 바라보았다.

"그분에겐 창고 수준밖에 되지 않는 곳입니다. 다른 곳을 내드린다 해도 이곳 외에는 관심이 없는 분이라……."

미란과 민영은 관치가 말한 창고라는 곳이 화월각 내부에 위치한 독채임을 확인하자, 이제는 정말 모르겠다는 표정이 되어버렸다.

특히나 미란 입장에서는 그 놀라움이 더욱 컸고, 여전히 믿을 수 없다는 표정을 지우지 못하고 있었다.

관치가 창고라고 했으니 분명히 창고일 수밖에 없다고 생각했다. 사천 우성각에서 관치가 지내던 곳을 생각하면 당연히 그런 규모의 '세 사람이 한 침상을 써야 할지도 모르는' 창고를 말하는 것이라고 생각했던 것이다.

'도대체 무슨 일이 벌어지고 있는 거지?'

미란과 민영은 이 상황을 좋아해야 하는 건지, 아니면 불안해해야 하는 건지 감을 잡기가 어려워졌다. 하지만 관치가 말했던 것을 떠올리면, 이 모든 것이 꼭 좋은 결과를 가져오지는 않을 것이라는 생각이 더 우세했다.

'모든 일은 그에 합당한 대가를 치러야 한다.'

미란과 민영이 협의 운운하며 말하기는 했지만, 그것이 현재 자신들 입장에서 얼마나 허황된 소리인지 누구보다 잘 알고 있는 형편이었다.

몰락한 가문에서 겨우 목숨만 부지한 생존자. 사실 벌 건 벌어야 한다는 관치의 말에 은근히 그 말도 일리가 있다는 생각을 했던 두 사람이었다.

"잠시 쉬고 계십시오. 식사를 준비해오겠습니다."

총관 미봉은 찻물을 한 잔씩 따라주더니, 그 말을 남기고 다시 돌아가 버렸다.

"고모, 이 상황을 어떻게 받아들여야 할까요?"

"나도 모르겠다. 관치 그 사람이 돌아오면 모든 걸 알게 되겠지. 일단은 기다려 보자."

제12장. 계란유골(鷄卵有骨)

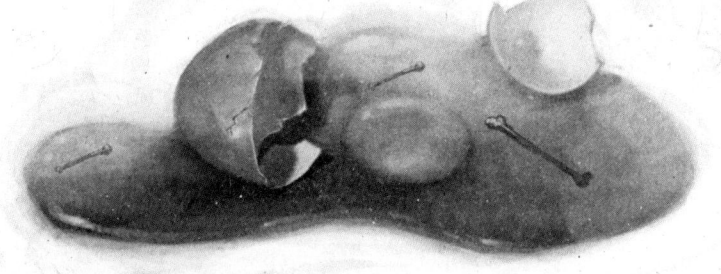

계란유골(鷄卵有骨)

-달걀 속에도 뼈가 있다는 뜻으로 뜻밖에 장애물이 생김을 이르는 말

관치가 화월각 뒤뜰 별채에 모습을 나타낸 것은 미란과 민영이 막 식사를 끝마친 뒤였다. 사천에서 난주로 올 때까지 식사다운 식사를 못했던 두 사람이었기에, 미봉이 가져다준 음식을 깨끗이 비워버렸다.

"소장님!"

"왔군요!"

두 사람은 지친 모습으로 터벅터벅 들어오는 관치를 발견하더니 '역시 무슨 일이 생긴 거야!'라는 표정으로 급히 달려갔다.

"왜 그래요? 화월각주가 혹시 무리한 요구라도 해온 거예요?"

"그래요. 말씀 좀 해보세요. 그리고 창고를 임대한다고 했지, 이런 고급 별채를 임대한다는 말은 없었잖아요."

미란과 민영은 관치의 양팔을 잡고 정신없이 말을 쏟아냈다. 그러나 정작 당사자인 관치는 마치 탈진이라도 한 사람처럼 한마디도 제대로 하지 못했다.

"고모, 혹시 독에 당한 건지도 몰라. 일단 해독부터!"

"이래서 혼자 보내기가 싫었다니까!"

두 사람은 관치의 상태가 정상이 아니라는 생각에, 틀림없이 독이나 미혼약에 당했다고 판단하고 급히 처방전을 조합하기 시작했다. 다른 것은 몰라도 독이나 미혼 계열의 해독제는 대부분 상비하고 있었기에 두 사람의 동작은 일사천리로 진행되었다.

"두 분이 오라버니의 일행인가 보군요."

막 조제한 약을 관치에게 먹이려던 두 사람은 낭랑하면서 위엄이 있어 보이는 여인의 목소리가 들리자 동작을 멈추고 별채 입구를 바라보았다.

"누구신지?"

"어떻게 오신 거죠?"

미란과 민영은 처음 보는 방문자에게 동시에 질문을 던졌다.

"아, 소개를 못했군요. 저는 이곳 화월각을 책임지고 있는 묵진설이라고 합니다. 두 분은 당문의 생존자이시죠?"

"아!"

"화월각주?"

미란과 민영은 스스로 화월각을 책임지는 묵진설이라고 소개하는 모습에 별채를 방문한 사람이 화월각주임을 알아차렸다.

"네, 제가 화월각주입니다. 그런데 어느 분이 당미란 소저고, 어느 분이 당민영 소저이신지?"

화월각주는 통성명을 하길 바라며 두 사람을 가만히 바라보았다.

물론 누가 당미란이고 당민영인지는 한눈에 봐도 알 수 있었지만, 묵진설은 상대방에게 자신을 소개할 수 있는 기회를 마련해주었다.

"제가 당미란입니다. 거처를 마련해주셔서 감사드립니다."

"저는 당민영이라고 해요. 저 역시 각주님의 배려에 감사드립니다."

"아, 그러셨군요. 반가워요."

미란과 민영은 화월각주가 나타났다는 것보다 화월각주가 관치를 향해 오라버니라고 부르는 이유가 더 궁금하고 불안해졌다.

"그렇게 경계하지 않으셔도 됩니다. 앞으로 자주 보게 될 것 같은데, 서로 불편해서야 되겠나요?"

미란과 민영은 묵진설의 말에 고개를 끄덕이면서도, 속으로는 '당신이 지금 불편한 말을 꺼냈잖아!' 라고 외치고 있었다.

"오라버니도 식사를 하셔야죠."

또다시 두 사람의 신경을 건드리는 호칭이 흘러나오자, 민영이 더 이상 참지 못하고 입을 열었다.

"각주님."

"네, 민영 소저."

"혹시 저희 소장님과 예전부터 아는 사이셨나요?"

"아, 그게 궁금하셨구나. 물론이죠. 벌써 이십삼 년쯤 됐나? 꽤 오래전부터 알던 사이랍니다."

23년 전부터 알고 지내던 사이라는 묵진설의 말에 미란의 표정이 딱딱하게 굳어졌다.

세간에 알려진 것만 본다 해도 화월각의 각주 묵진설은 빼어난 미모와 지력, 그리고 황제를 제외하곤 어느 누구에게도 밀리지 않는다는 재력으로 유명한 사람이었다.

사실 이렇게 만날 일이 없었다면 평생 인연을 맺을 일도 없었을 것이고, 막상 만났다 해도 이렇게 대화를 나눌 위치도 되지 않았을 것이다.

그런데 그렇게 대단한 화월각주 묵진설이 관치에게 오라버니라는 호칭을 아무렇지도 않게 사용하고 있다는 점에 불안했던 '뭔가'가 표면으로 부상한 것이다.

미처 입을 열지 못하고 답답한 눈빛만 보이고 있던 미란과 민영은 여기에서 밀리면 끝장이라는 심정으로 당찬 말을 내뱉었다.

"그러셨군요. 저는 얼마 전 관치 님의 사람이 되어서 주변에 일가친척이 계셨는지는 전혀 모르고 있었네요."

묵진설은 민영의 입에서 예상치 못한 말이 튀어나오자 잠시 당황한 눈빛을 보였지만, 그게 뭐 별거냐는 듯 말을 받아쳤다.

"그러셨군요. 축하드려요. 제일흥신소에 들어간다는 게 얼마나 영광스럽고 대단한 일인지 알려 드려야겠군요."

"아, 뭔가 오해를 하신 것 같은데요. 저는 관치 님의 조수이기 전에 여자로서 모든 것을 드렸습니다."

"그, 그래요? 그렇다면 저도 한마디 안 할 수가 없군요. 정확히 이십삼 년 전부터 관치 오라버니의 정혼자가 되었던 묵진설이라고 해요. 차후 오해가 없도록 말씀을 드리는 것입니다."

"호호호! 그럴 리가요. 제가 아는 소장님은 그렇게 무책임한 약속을 할 분이 아닌데요."

"그렇죠. 무척이나 무책임한 사람이니까요. 어떻게 정혼자를 이십 년 이상 홀로 버려둘 수가 있는지."

미란은 엉겁결에 자신은 아무것도 아닌 사람이 되어버리자 급히 두 사람의 대화에 끼어들었다.

계란유골(鷄卵有骨) • 309

"저 역시 오해가 없기를 바라야겠네요. 저는 민영보다 먼저 모든 걸 드렸답니다. 그리고 지금은 관치 그 사람이 저희 두 사람의 유일한 보호자이자 고용주이시죠."

묵진설은 미란과 민영의 폭탄선언에 눈 끝이 파르르 떨림을 일으켰다.

"오라버니."

"……."

"관치 님."

"……."

"소장님!"

"……."

세 사람은 자신만의 호칭으로 관치를 부르며 넋을 잃고 있는 그에게 말을 걸었다. 그러나 의도적으로 세상과 단절된 상태에 있는 관치에게 세 사람의 목소리가 들릴 리 없었다.

"오라버니!"

"관치 님!"

"소장님!"

"으응?"

세 사람이 악이라도 지르듯 동시에 관치의 이름 불렀다.

"이 두 사람은 일 말고는 아무런 관계가 없다고 말했잖아요!"

"정혼자 같은 것이 있다고 말하신 적 없잖아요!"

"소장님! 이런 별채 같은 곳에서 일할 것은 아니었잖아요! 지금이라도 적당한 곳을 알아봐요!"

묵진설과 민영, 그리고 미란은 각자 원치 않은 정보 획득에 상당히 큰 불만을 보이며 따지려 했지만, 관치는 세 사람이 뭐라고 떠들건 간에 아무런 말도 하고 싶지 않았다. 아무리 세상일이 엉망진창으로 돌아간다고 하지만, 솔직히 이건 아니라는 생각이 들었기 때문이다.

'정말 죽겠구나. 무인각을 나온 뒤로는 정말 왜 이렇게 다사다난한 거야.'

◈ ◈ ◈

"관치 그 녀석, 무조건 부러워할 만한 상황은 아닌 것 같은데."

"그러게 말이야. 아무리 좋은 것도 적당히 가지고 있어야 빛을 발하는 법인데, 지금 관치는 둘도 부족해서 셋이 되어 버렸잖아. 그런데 하나도 취할 수 없는 상태라니. 완전히 고문이잖아."

표사들의 대화에 지운이 끼어들었다.

"하지만 셋 다 얻을 수도 없는 법이죠. 결국에는 한 사람을 택해야 할 텐데… 어떤가요? 당신은 누굴 선택할 거죠?"

계란유골(鷄卵有骨) • 311

지운은 관치라면 누굴 택하겠냐는 듯 질문을 던졌다.

"글쎄요……."

지운은 말끝을 흐리는 관치로 인해 다시 한마디 덧붙였다.

"설마 이 세 여인을 제외하고 또 다른 사람이 있는 건가요?"

"음……."

사람들은 지운의 질문에 관치가 대답하지 않자 '설마!' 하는 표정이 되었다. 지금 등장한 세 사람만 해도 어지간한 영웅호걸 아니면 감당하기 어려운 이들인데, 여기에 한 명이 더 끼어든다면 그야말로 진퇴양난, 사면초가가 되는 것이다.

"왜 대답을 못하는 거죠?"

"사실은 아직도 등장하지 않은 여인이 한 명 있습니다."

"으아아!"

"말도 안 돼! 아무리 이야기라지만 이건 너무하잖아! 도대체 네 번째 여자는 또 누구야?"

사람들은 절망적인 구도가 되어간다며 관치의 명복을 비는 분위기가 되었다.

처음에 미란이나 민영이 등장했을 때만 해도 민영과 맺어지길 바라던 사람들이, 점차 시간이 지나자 미란도 나쁘지 않다는 쪽으로 분위기가 잡혀 갔다. 민영이 은근히 여우 짓을 하는 게 마음에 들지 않는다는 이유였다.

그런데 그 두 사람 앞에 과거의 정혼자가 나타났으니 청천 벽력과 같은 상황이 되고 만 것이다.

 물론 관치 입장에서도 전혀 기억에 없는 사건이 불쑥 튀어나와 정신을 혼미하게 만들었으니 미칠 노릇이었다.

 거기다 정조를 지키겠다고 20년 이상 수절 아닌 수절을 해온 묵진설의 입장을 생각하면 도저히 모른 척할 수 없는 입장인 것이다.

 "네 번째는 누구입니까? 그냥 지금 알려 주시면 안 되겠습니까?"

 진하석 역시 아직도 등장하지 않았다는 여인에 대해 상당한 호기심을 가졌다.

 "그러니까 일전에 돈을 떼먹고 간 여자 있지 않습니까?"

 "아, 첫 의뢰인이었던! 설마 그 여자가 네 번째 여인이란 말입니까?"

 "에이! 그건 좀 그렇다. 미란이나 민영, 그리고 묵진설까지는 그래도 개연성이 있지만 그 여자는 좋은 인연으로 만난 것도 아니고, 차후에 털이란 털은 다 뽑아버리겠다고 엄포까지 놓은 상태잖아."

 관치는 진하석과 표사들의 말에 자신도 납득이 안 된다는 듯 고개를 끄덕였다.

 "그래서 사람 인연은 알 수가 없다고 하는지 모르겠습니다."

계란유골(鷄卵有骨) • 313

"아니, 진짜 그 여인도 관치와 연결이 된단 말이야?"

"그렇다니까요."

"하지만 그 여인은 관치와 그렇고 그런 감정을 쌓을 만한 이유가 없잖아. 그리고 다시 만나게 된다는 설정도 저기 아미파 여협의 말처럼 너무 진부하고 말이야."

"그 부분엔 좀 전에도 말씀드렸다시피 어쩔 수가 없는 일 같습니다. 사실 현실 속에서는 말도 안 되는 이야기라고 하지만, 대부분의 현실들은 그런 진부함을 벗어나지도 못할뿐더러 진부함 속에 또다시 진부함이 끼어들어 사람을 미치게 만들곤 하니까요."

"그건 관치의 말이 맞아. 나 역시 우리 할멈과 그렇게 만나고 맺어졌으니까."

"에? 초 영감님, 지금 영덕 할매 이야긴 아니시죠?"

관치의 이야기에 종종 맞장구를 치며 고개를 끄덕이던 최고령 쟁자수 초 영감의 말에 표사들의 표정이 싹 바뀌었다.

"아니, 영덕 할매가 누구신데 그런 표정들을 짓는 겁니까?"

"그게 말이야, 자네만큼은 아니지만 우리들 사이에서는 초 영감님이 이야기를 상당히 재미있게 하는 편이거든. 그런데 그중에 젊었을 때 가문의 복수를 하기 위해 세상을 떠돌던 이야기가 있지."

"그런데요?"

"그러니까 대충 줄여서 이야기하자면, 지금 우리가 말한 영덕 할매가 바로 초 영감님의 원수 집안 딸이었다는 거지. 예전엔 그 원수의 딸이 어떻게 되었는지 이야기를 해주지 않으시더니, 오늘 드디어 고백을 하시는군."

"아."

관치는 그런 일이 있었냐는 듯 초 영감을 바라보았다.

"그런 눈으로 볼 건 없어. 그땐 마주치기만 해도 서로 검을 휘둘렀으니까. 아주 둘 중에 하나는 죽어야 끝나는 그런 싸움이었지."

"그런데요?"

"그러긴 뭘 그래. 나하고 싸워야 할 할멈이 어느 날인가 엉뚱한 놈과 시비가 붙어가지곤 가슴에 검상을 입고 만 거야."

"이런!"

관치는 '어쩌다 그런 일이!' 하며 초 영감의 이야기에 더 귀를 기울였다.

"그냥 그때 죽든 말든 내버려 뒀으면 그냥 끝이 나는 건데, 그동안 싸우면서 정이 들었는지 무시하기가 좀 그렇더라고. 죽더라도 내 손에 죽어야 한다는 뭐 그런 생각도 좀 있었고 말이야."

"설마 치료를 하는데 가슴을 봐야만 했고, 그러다 보니 어쩔 수 없이 같이 살게 되었다. 뭐, 이런 진부한 이야기는 아니겠죠?"

관치는 아무리 그래도 그렇지, 그런 이야기는 너무 진부하다는 생각을 하며 '그건 아닐 거야.' 하는 표정을 지었다.

"……."

그러나 초 영감은 더 이상 할 말이 없다는 듯 헛기침만 해댔고, 다른 이들 역시 진부한 이야기라는 듯 입맛을 다셨다.

"아무튼 진부함은 먼 곳에서 찾을 것도 없이 우리 주변에 수시로 끼어 있는 놈 아닙니까. 힘들게 쫓아봐야 금세 다시 돌아오는 놈이 이 진부라는 놈인데, 오늘은 그런 놈이 여러 놈 찾아왔다고 생각하고 일단 이야기를 계속해보겠습니다."

"잠깐. 아직 내 말에는 답을 하지 않았잖아. 당신은 그들 네 사람 중 누굴 택하겠냐고."

사람들은 관치가 다시 이야기를 시작하면 궁금한 게 있다 해도 적당히 넘어가곤 했는데, 의외로 늦게 배운 도둑질에 날 새는 줄 모른다더니 지운이라는 아미의 여검객이 집요한 구석을 보였다.

'하! 이것 참, 난감하게. 그걸 지금 어떻게 말하라는 거야.'

"왜? 자신이 없나 보지?"

관치는 툭툭 쏘아붙이며 말을 던지는 지운의 태도에 한숨을 쉬며 다시 입을 열었다.

"만약 당신이 관치라면 누굴 고르겠소? 어디 그것부터 들어봅시다."

"나는……."

"나는 뭐요? 어디 시원하게 한번 말해보시오."

"나, 나는… 그러니까 나라면……."

관치는 지운이 곧바로 대답을 못하고 말을 끌자, 그럴 줄 알았다는 듯 피식 웃어버렸다.

"당사자도 아닌데 왜 그렇게 어려워하시오? 막상 자신도 한 명만 고르라면 어려우면서 왜 그렇게 나를 핍박하는 것이오? 그냥 이야기는 이야기로 듣자는 말 벌써 잊은 것이오?"

"그건 아니지만."

"그리고 왜 자꾸 반말이오? 계속 그렇게 나오면 나도 막말로 대할 거요!"

"……."

아미파의 여검객 지운은 불만 가득한 목소리로 툴툴대는 관치의 모습에 잠시 눈을 흘기더니 고개를 돌려 버렸다. 그러나 입까지 다무는 예의 바름을 보이지는 않았다. 기어코 자신이 하고 싶은 말 한마디는 덧붙인 것이다.

"일단 계속 들어보지요. 언젠가는 선택을 할 수밖에 없을 것이니."

"쩝! 다시 갑니다. 이제 어지간하면 질문이 될 법한 걸로 이야기를 좀 끊으십시오."

"껄껄껄! 알았네. 알았으니 어서 하시게나."

계란유골(鷄卵有骨) • 317

사람들은 지운과 관치의 툴툴거림을 흥미롭게 지켜보다가 다시 관치의 이야기 속으로 빠져들었다.

3권에 계속

※작가 블로그에서 『일구이언 이부지자』 출간 이벤트에 참여하세요.
http://blog.naver.com/madgaya

3
작업실 Story

4
작업실 Story

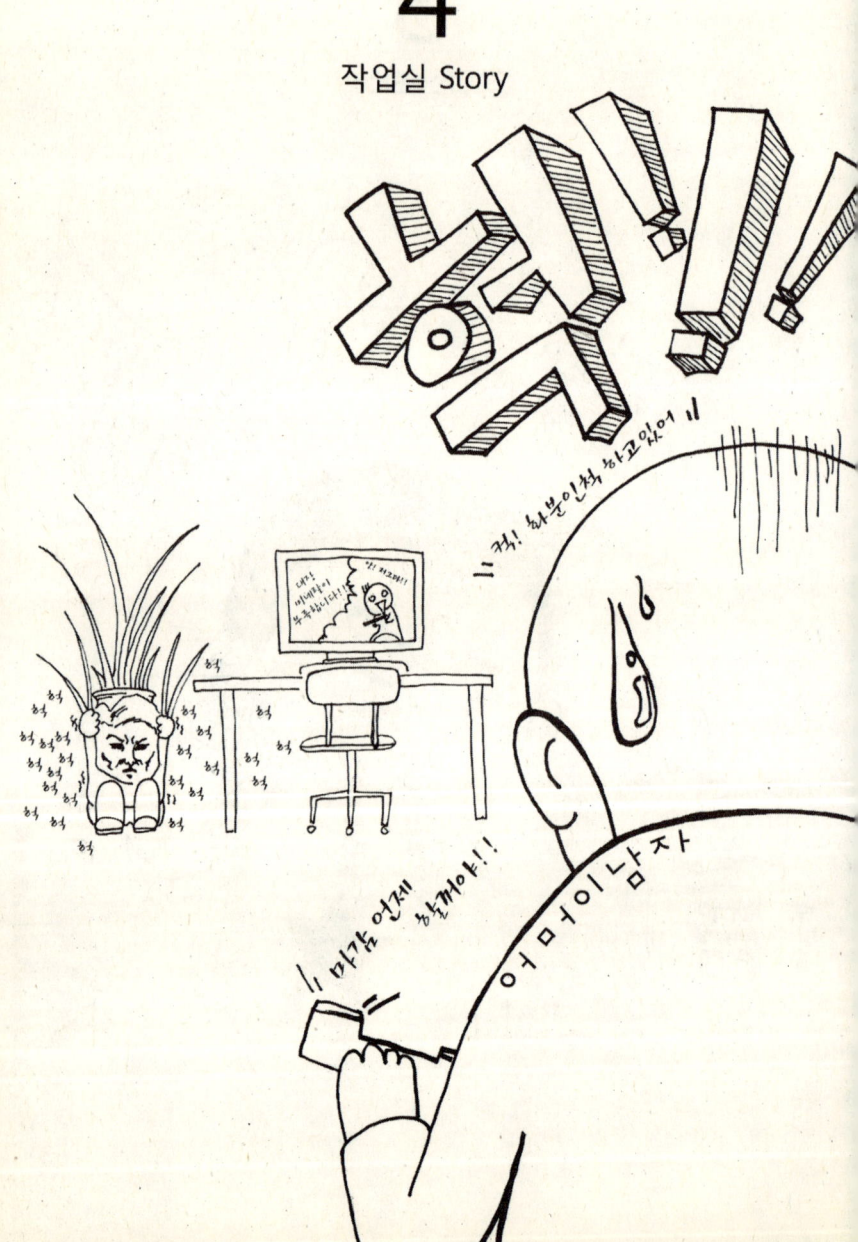

www.mayabook.co.kr

www.mayabook.co.kr